86
—不存在的戰區—

The dead aren't in the field.
But they died there.

[作者]
安里アサト

[插畫]
しらび

[機械設計] I-IV

EIGHTY SIX Ep.2

—Run through the battlefront— (上)

ASATO ASATO PRESENTS

The number is the land
which isn't
admitted in the country.
And they're also boys and
girls from the land.

Kadokawa Fantastic Novels

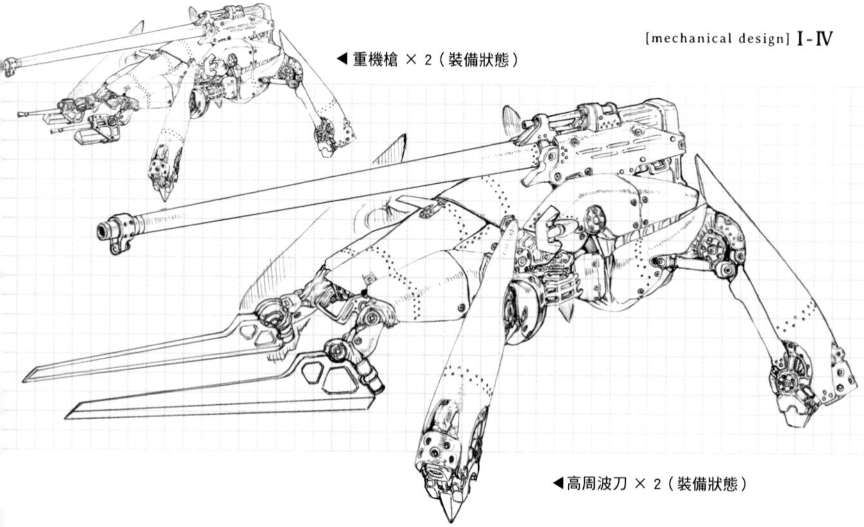

◀重機槍 × 2（裝備狀態）

◀高周波刀 × 2（裝備狀態）

齊亞德聯邦製「機甲」

「XM2 女武神」

[SPEC]

[製造商] WHM
[全長] 6.3m／高2.7m（不含格鬥用輔助臂的裝備）
[固定武裝]
裝設於格鬥用輔助臂上的高周波刀 × 2 or 12.7mm重機槍 × 2
鋼索鉤爪 × 2
背部砲架 × 1
（通常裝有88mm滑膛砲 × 1。也可換裝大型機關砲、多管火箭砲等裝備。）
腿部破甲釘槍 × 4（砲彈填裝數各20）

[備註] 由於本機擁有超越聯邦現行機種的（致命）機動性，駕駛員條件限制嚴格。

齊亞德聯邦參考鄰國「聖瑪格諾利亞共和國」的「無人機」，所開發的第三世代機甲（多足機甲兵器）。為獲得高機動力，犧牲了裝甲等保命裝備，齊亞德聯邦的駕駛員對其敬而遠之，但對於曾經駕駛過「更糟的機體」的「他們」來說，不但不成問題，反而能夠徹底發揮其性能，在擊退「軍團」與維持戰線上做出貢獻。

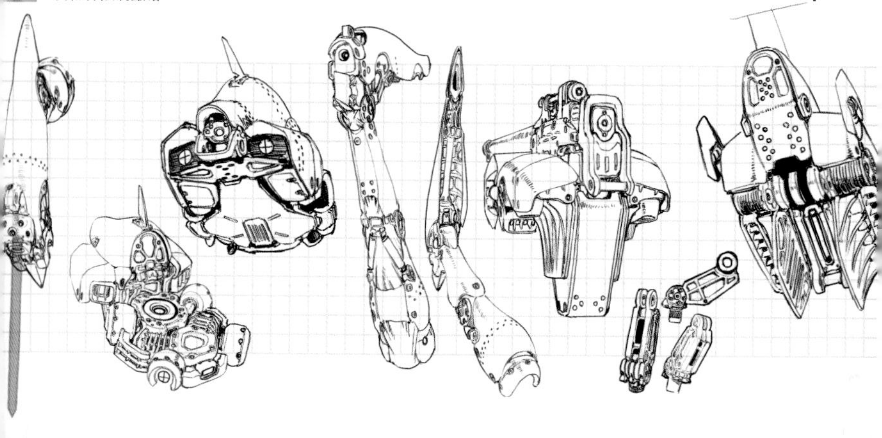

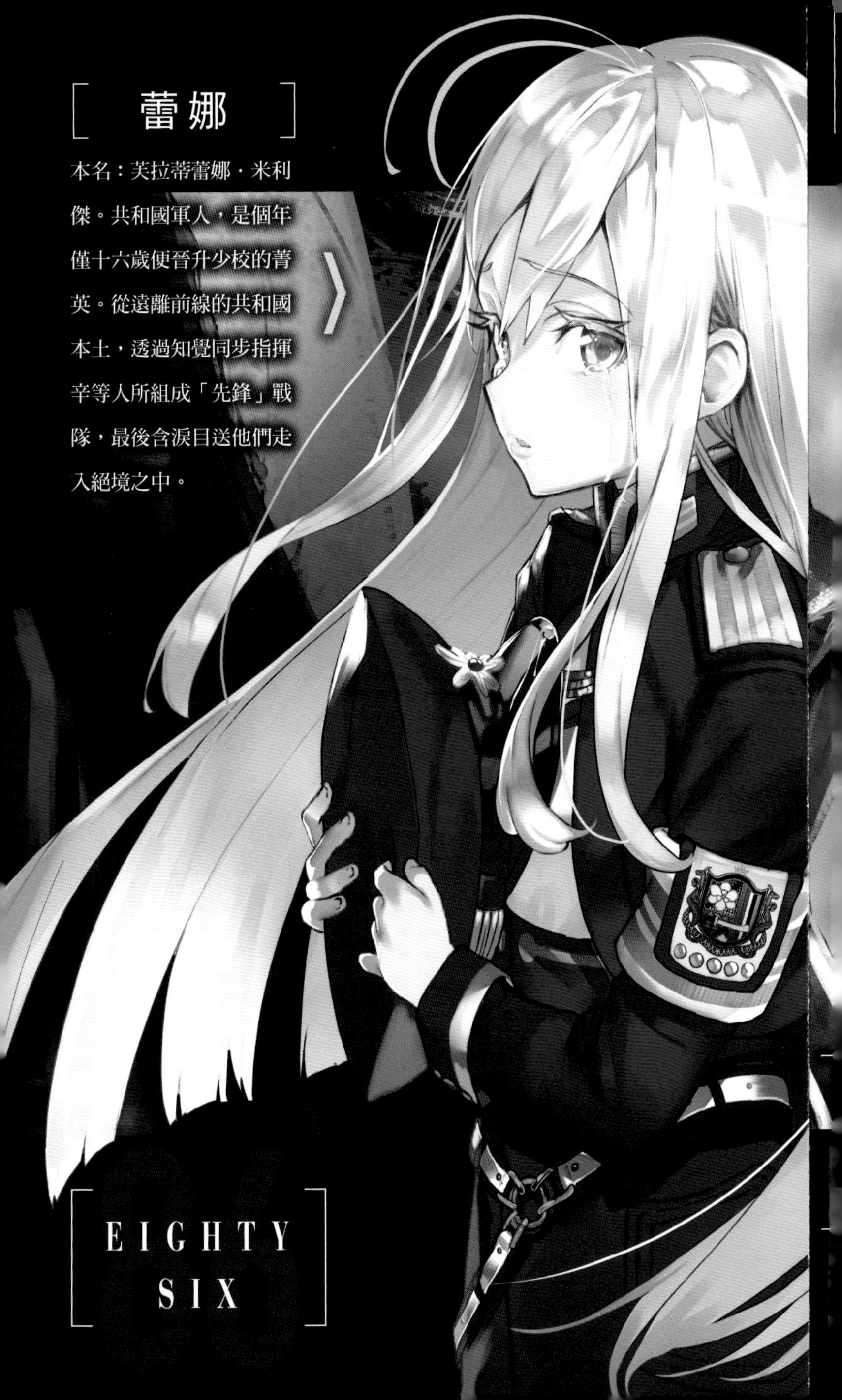

蕾娜
本名：芙拉蒂蕾娜・米利傑。共和國軍人，是個年僅十六歲便晉升少校的菁英。從遠離前線的共和國本土，透過知覺同步指揮辛等人所組成「先鋒」戰隊，最後含淚目送他們走入絕境之中。
EIGHTY SIX

可蕾娜
在「先鋒」戰隊主要擔任狙擊手。對辛懷有淡淡的好感。個人代號為「神槍」。

為何？——這是人人都感到好奇的問題。
殊不知對他們而言，其實是一種侮辱。

他們是——八六。

——芙蕾德利嘉・羅森菲爾特《戰場追憶》

序章　女王陛下坐鎮戰都

「——又是妳啊，芙拉蒂蕾娜·米利傑『上尉』？」

瞧了踏入室內的蕾娜一眼後，辦公桌後方的上官鬱悶地面露不耐。

儀容打理得一絲不苟的蕾娜，以無可挑剔的稍息姿勢，垂眸望著身穿陳舊軍服，滿臉鬍渣，沒有半點軍人氣質的上官。

一身燙得平整的黑染軍服，以及挑染了一束鮮紅的光滑柔順的銀絲長髮。這是打從半年前，也就是先鋒戰隊——那支為了讓僥倖存活的八六們保證戰死的處刑部隊，消失在她無力顧及的戰場彼方之後，一直持續到現在的打扮。那是用來弔祭他們的黑衣，以及象徵著只有他們在戰爭中流血的色彩。

由於蕾娜違反命令為他們提供援助，受到降階一級的懲罰。高層像餵狗一樣扔進她手中的上尉軍章，恐怕是等不到升級的那一天了。

「未獲許可使用迎擊砲。將原本不在補給清單中的彈頭及裝備發放給麾下的戰隊使用，還越權直接指揮其他戰隊——同樣的話是要我提醒妳幾次？不要為了區區的八六(豬)如此勞心費力。妳知道運輸部和裝備部發來了多少封投訴嗎？」

「只要您願意發下許可，這些問題自然就不再是問題了，中校。關於那些投訴，無論是前述的質疑或是您後半段那些廢話，都是一廂情願的偏見，對此我不予置評。」

中校因酒精中毒而混濁無神的單眼底下，微微泛起皺紋。

「會逞口舌功夫就了不起嗎，小丫頭？妳一個小小的上尉，要知道分寸。」

蕾娜露出一抹淡淡的冷笑。

這個人簡直不打自招，擺明了只敢拿彼此的階級做文章，卻沒膽對她做出任何實質處分。

如今的蕾娜，是東部戰線中「軍團」擊墜率首屈一指的戰隊的指揮官。部下的戰績自然就是上官的功勞，對於這位只是因為正規軍人在戰爭初期大量陣亡而遞補上位，卻不滿足於中校地位，想要更加飛黃騰達的男人來說，她儼然就是一個打不得殺不得的「會下金蛋的母雞」。

只要自己別「玩」得太過火，再多的麻煩對方都會幫自己扛下來。

「我先告辭了，中校閣下。」

她優雅地敬禮後離去。

在第一區眾多歷史建築環繞下依舊絢爛動人，保留濃厚宮殿遺風的國軍本部當中，蕾娜只要走在走廊上，就會引來周遭輕蔑、厭惡的目光及耳語。

那就是為了區區的八六，放棄了少校地位和幹部候補生光明未來的蠢貨。不明白人類與家畜有何區別的公主大人。明明再過一年，所有「軍團」就會停止機能——戰爭就要畫下句點了，卻受到那群豬所蠱惑，鼓吹共和國要為「戰爭長期化」做準備的跳梁小丑。不讓那些原本就注定走向滅絕的有色種乖乖等死，反而鼓吹他們上戰場提前送命，殘忍無情的鮮血女王。

真是無聊。

始終配戴在頸部的同步裝置啟動了，這讓蕾娜的腳步停頓了一瞬間。隨後，她腳下的長靴發出清脆聲響，在鋪著美麗拼花木地板的走廊快步前進。

『聽見了嗎，管制一號？』

「獨眼巨人——是『軍團』吧？狀況如何？」

個人代號「獨眼巨人」的西汀．依達上尉那豪邁粗獷的聲音透過知覺同步傳了過來。他是隸屬於蕾娜指揮之下，被稱為「女王家臣團」的戰隊隊長。

在經歷過先鋒戰隊那次洗禮之後，蕾娜總是會在到任當天，詢問每一位處理終端的本名。但她平時堅持只以個人代號相稱。

因為，當初蕾娜為了表明自己並無歧視之意，而以本名相稱的那些先鋒戰隊成員，終究還是以「無人機」的身分死去了。沒有得到安葬的待遇，更遑論留下姓名供人憑弔，但她只能眼睜睜看著他們走入這樣的命運，卻無能為力。

『敵軍已經侵入座標一一二的舊高鐵轉運站一帶了。抱歉啊，雷達被騙過去了，所以發現得很晚……對於那些剛加入的菜鳥來說，恐怕會是場硬仗啊。』

蕾娜忍不住嘖了一聲。

的確會是場硬仗。在那個生命不斷逝去，陣亡人數卻為零的戰場上，只要一個差錯，就有可能造成莫大的犧牲。

「請將主力布署在〇六二，利用佯攻部隊誘敵深入。那個位置正好在剩餘的迎擊砲射程範圍內。那一帶是住宅密集，且巷弄狹小的區域，機體較小的『破壞神』占有地利優勢。」

獨眼巨人嗤笑一聲。

『在基地門前迎擊啊？要是被突破的話，這塊戰區自然不用說，就連你們共和國的地雷區都有可能不保喔。』

「可是，要活下去的話，那個地點是目前最好的選擇。」

聽見蕾娜直截了當地這麼說，獨眼巨人無聲地笑了笑。

要活下去。不光是八六他們，住在被「軍團」完全包圍的共和國當中的蕾娜也是。

因為他們告訴自己要活下去。

為了回報那些相信自己能奮戰並活下去的，如今卻已不在人世的同伴。

『遵命，女王陛下……準備完成後會再度進行聯絡。妳那邊要是有掌握到什麼消息，再告知一聲吧。』

知覺同步切斷了。

蕾娜邁向管制室的步伐又加快了幾分。就在這時，不經意瞥見的窗外光景，讓她的腳步減緩了那麼一瞬。

來往於聖瑪格諾利亞共和國首都的石造街景的人潮，清一色都是銀髮銀瞳的白系種。象徵共和國自由、平等、博愛、正義與高尚國策的五色旗，以及革命聖女瑪格諾利亞德肖像旗，在春日晴空下正迎風飄揚，讓那片蔚藍顯得充滿生氣。

就快到了。與他們——與先鋒戰隊的大家第一次說話的季節，就快到了。

認為走向埋骨之地的過程是一種自由，將奮戰至死視為榮耀，最後笑著踏上旅途，再也不會回歸的他們。

他們究竟走了多遠呢？

現在又身在何方呢——或許，是在一片春意盎然，百花盛開的花田之中。

至少，希望他們能夠安祥離去，靜靜沉眠不受打擾吧。

—不存在的戰區—

Why,everyone asked.
Without knowing that it is insult.

[EIGHTY SIX]

The number is the land which isn't
admitted in the country.
And they're also boys and girls
from the land.

ASATO ASATO PRESENTS
[作者] 安里アサト
ILLUSTRATION/SHIRABI
[插畫] しらび
MECHANICALDESIGN／I-IV
[機械設定] I-IV

Kadokawa Fantastic Novels

86

—不存在的戰區—

Why, everyone asked.
Without knowing that it is insult.

[Ep.2]

—Run through the battlefront—（上）

第一章　女武神的騎行

放眼望去，最前線的天空完全遭到阻電擾亂型構成的雲霧覆蓋，染上一層汙穢的銀色，顯得暗淡無光。

『進一步逼近的戰車集團，推測為大隊規模！……這裡也來了一個中隊！』

哀號般的報告，在中隊無線頻道中流竄。對於在前幾波戰鬥中，中隊戰力損耗三成，如今又陷入絕境的齊亞德聯邦軍第一七七機甲師團第一四一連隊第一八中隊的殘兵來說，這則通報等同於死亡宣告。

『距離接敵還有四十五秒！神啊……！』

「……又來了嗎……！」

坐在因戰鬥機動動作而劇烈振動的「破壞之杖」縱列複座駕駛艙中，尤金不禁發出呻吟。他有著純白銀種的白銀髮色與眼眸，那張不像十七歲的纖細娃娃臉上，還掛著一副眼鏡。

聯邦針對「軍團」所採用的戰術，是堅持以部隊為單位進行戰鬥的原則──也就是以複數機體包圍一架敵機的集體式作戰。即使採用最新型的第三世代多足機甲兵器「破壞之杖」，最少也需要兩倍數量，才有機會與可說是陸戰之王的戰車型相抗衡。更何況是在數量居下風的情況，根本毫無勝算可言。

『該死，那些混帳砲兵在幹嘛！嚇阻砲擊呢！』

後座砲手兼車長的中隊長所發出的怒罵聲，都從無線電另一頭傳了過來。八腳踏地的噪音、戰車砲的巨響，以及動力系統的咆哮，讓在「破壞之杖」駕駛艙內坐得這麼近的兩人，也無法直接口頭交談。

當然，中隊長心裡也明白。在阻電擾亂型隨時保持作動的狀態下，無論雷達、機身感應器或目測，在這片幽暗之中都派不上用場。每次和那些該死的「軍團」交戰，都是在這種單方面受到奇襲的狀況下拉開序幕。

身穿傷痕累累的裝甲強化外骨骼，手持一二．七毫米重機槍就與近距獵兵型對峙的裝甲步兵們，連同壕溝一起被敵軍踏平。擁有堅固複合式重裝甲及凶猛無比一二〇毫米戰車砲的「破壞之杖」僚機，也因為唯一無法彌補的機動性劣勢，在敵機的戲耍之下慘遭擊破。相較於天生的殺戮機械「軍團」，人類的神經反應速度不夠快，而且加速能力太過差勁。雖然單純的巡航速度不相上下，但在加速、制動和轉向這些方面的綜合運動性能上，有著致命性的差距。

『不要怕！反正想逃也逃不了多遠了！』

『放馬過來啊，臭鐵罐！要是能成為保護祖國同胞的盾牌，真他媽的求之不得！』

『可惡，我怎麼能死在這裡！要是不多帶幾個一起上路怎麼行……！』

在謾罵與槍聲之中，步兵拚死抵抗鋼鐵魔獸帶來的死亡威脅，他們瀕臨崩潰的聲聲喊叫，迴盪在無線電頻道中。

在抵抗之餘，也聽得出同袍們已有死亡的覺悟，讓尤金憤恨到幾乎要把牙齒咬碎。

「叮！」就在不斷發送救援申請，卻遲遲未收到回覆訊號時。

數發砲彈劃開了幽藍月光與夜色交織的重重輕紗，從天而降。以超乎常理的精準度，在到達「軍團」隊列正上方的同時炸裂開來，包含其中的小型炸彈在敵陣當中下起驟雨。

這些集束彈不但避開了裝甲步兵分布成扇形的陣地，同時還將最大數量的「軍團」納入有效打擊範圍之中，可謂神乎其技。

裝甲輕薄的斥候型全都陷入了沉默，背部多連裝火箭砲中彈的近距獵兵型也被一掃而空。在輕量級「軍團」的戰鬥能力不斷耗損時，戰車型才將其毫髮無傷的砲塔轉了一圈，卻在下個瞬間，側面裝甲就被穿甲彈貫穿，便頹唐了下來。

眼見戰車型在掀起飛塵和地鳴，終於倒下之後，連續的砲擊聲才像是遠處乍響的雷鳴一般傳入耳中。

初速每秒一六〇〇公尺——遠遠超過音速的戰車砲，在著彈之後砲聲才姍姍來遲。聲音沉重而銳利，像是兩塊鋼板互相敲擊一樣，十分獨特。

「八八毫米（Ratsch Bumm）……？」

FRIENDLY UNIT

[友軍機介紹]

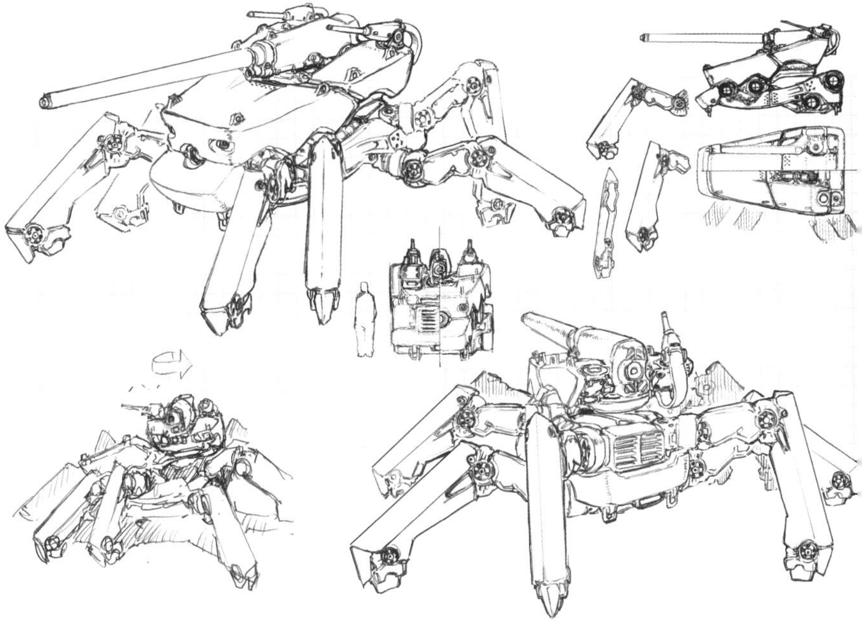

[齊 亞 德 聯 邦 軍 主 力 「 機 甲 」]

「M4A3破壞之杖」

[SPEC]

[製造商] 菲爾斯因捷爾陸軍工廠
[全長] 6.5m／全高2.9m
[武裝]
120mm滑膛砲 × 1
12.7mm重機槍 × 1

[備註] 駕駛艙為複座式，一人為駕駛員，另一人擔任砲手與車長。

本機是齊亞德聯邦的主力機種，為第三世代機甲。憑藉強大火力與堅實裝甲，性能凌駕於斥候型或近距獵兵型之上，而且乘員的生命安全也較受保障。然而整體規格略遜「軍團」主要戰力的戰車型一籌，因此必須靠著指揮系統與人海戰術，才能維持戰線。

『難、難道是……！』

只見一道影子，宛如無情獵捕地上螻蟻的跳蛛一般，突然從一片陰暗的空中襲向「軍團」。它降落在隊列中央的戰車型砲塔上方，渾身一陣激盪——四具腿部破甲釘槍一齊射出電磁釘刺，讓戰車型頓時陷入激烈的痙攣。

模仿節肢的四條修長腿部。呈光滑骨骼質感的純白裝甲。裝備了各一對高周波刀與鋼索鈎爪的兩隻格鬥用輔助臂，如今像是蜘蛛的大螯般收起，而背部砲架還裝有一挺八八毫米滑膛砲。位於四條腿末端的五七毫米釘槍，閃耀著凌厲的銀色光輝，如同它被冠上的女武神之名那般勇猛而冷豔，那異樣的外型卻也像是在戰場中爬行搜尋自己失落頭顱的白骨屍骸。

『「女武神」……！』

流淌在機內無線電中的呻吟，聽起來不像是看見前來救援的友軍，反而像在面對敵軍一樣。

XM2「女武神」。與擁有複合重裝甲及一二〇毫米滑膛砲，著重於防禦力與貫穿力的「破壞之杖」正好相反。和機體重量不成比例的龐大動力，以及兼具強韌與高性能的線性致動器所產生的運動性能，才是開發的主要重心。該機種屬於較晚開發的第三世代機甲。

由於偏重機動性，捨棄了裝甲防禦和強大火力，而且它過於強大的機動性能甚至可能對駕駛員造成傷害，是一架由瘋狂設計思維打造出來的三次元高機動戰鬥專用機。

這種兵器是參考位於「軍團」支配領域的另一端，共和國稱之什麼「有人搭乘式無人機」的惡魔般兵器所設計出來的，也是來自共和國的「那些傢伙」的座機。

沒血沒淚的「軍團」不會為同伴的死感到哀悼或恐懼。立即切換最優先目標的戰車型，將「女武神」連同僚機的殘骸納入射擊範圍，毫不留情地開砲。

「女武神」在千鈞一髮之際向後跳開，殘留在原地的戰車型在下個瞬間便遭到命中，重達數十噸的巨型砲塔，因為自身砲彈遭到誘爆之故，竟然高高飛上空中。這就是為了維護機密，刻意不安裝洩壓板的戰鬥機械的壯烈末路。

「女武神」向前衝刺，穿過了暗紅色的熊熊烈火，以及因殺人凶器自身重量而不斷剝落並傾注而下的裝甲碎片。

不過一個呼吸的時間，就衝過了兩架戰車型相隔的五〇公尺距離，在為了迎擊而開始轉動砲塔的戰車型面前往橫一躍，趁著雙方交錯之際，將八八毫米砲的高速穿甲彈（APFSDS）打進空門大開的敵機側面。接著面對迅速襲來的近距獵兵型，用早已展開的高周波刀直接一斬，了結敵人之後，就單槍匹馬地衝向下一架戰車型。

沒錯，單槍匹馬。

僅僅一架「女武神」，就以壓倒性的姿態，將戰力幾乎沒有受損的「軍團」增強機甲中隊漸漸瓦解。高周波刀發出刺耳的叫喚，破甲釘槍閃耀紫色電光，八八毫米的咆哮迴盪在四周，將那群臭鐵罐變成真正的廢鐵。

這份戰果並非源自於機體性能。而是搭乘者——基於原為「無人機」身分的諷刺與敬意，被人稱為處理裝置（處理終端）而非駕駛員——的技術簡直超乎常理的緣故。

「女武神」與戰車型的平均擊墜與被擊墜率（交換比），和「破壞之杖」與戰車型之間的數據其實相差無幾，但由於挨上一擊就會造成致命傷，「女武神」的損耗率相對較高。事實上，「女武神」實驗部隊在建置完成沒多久，就有一個中隊全軍覆沒了。倖存者僅有一名——只有一個在那場戰役中單槍匹馬擊潰敵方部隊，屬於「那些傢伙」中的一分子存活下來了。

他們是好不容易被聯邦從名為戰場的地獄中救出，卻自願返回地獄的狂戰士。

「那些傢伙」不害怕與「軍團」搏命戰鬥，不在意伴隨而來的死亡風險。滿不在乎地駕駛著不重視裝甲——不重視搭乘者生命安全的「女武神」，投身於敵眾我寡的對「軍團」作戰之中。

那些人從骨子裡散發出——瘋狂。

忽然，有一道人影從地上爬了起來，試圖摟住「女武神」的修長腿部。只見「女武神」下意識抬腿避開那道身影——接著就順勢往下踩，腳尖的釘樁便從人影頭部串刺到底。

反戰車自走地雷——尤金知道是那玩意兒，但還是難以抑制從心底湧起的戰慄。那個處理終端在短短的一瞬間，真的就認出了那道人影並非試圖求援的友軍士兵嗎？

還是說，他根本不管對方是不是友軍，單純只是將自機的安危擺在第一順位？

有些噁心地從腳尖滑落，像個垃圾一樣被甩出去的人影，最後撞上了戰車型。活化的引信一觸即發，成形炸藥爆發的金屬噴流貫穿了戰車型的上部裝甲。

猛烈燃燒的鮮紅火光，照亮了「女武神」的身影，以及描繪在純白裝甲上的識別標誌。

扛著鐵鍬的無頭骷髏——讓人不禁懷疑那位處理終端的腦袋是否正常，極為不祥而晦氣，象徵著戰場上最為忌諱也最為親近的死神。

那是在部隊初戰中遭逢僚機全滅，卻單槍匹馬屠戮所有敵機，在「那些傢伙」當中也是首屈一指的處理終端，所擁有的識別標誌。

沒記錯的話——

想到這裡而睜大雙眼的尤金背後——坐在砲手席的中隊長啐罵了一聲。

他說出了從共和國的惡意中誕生，以殘忍無情的手段磨礪成形。和那些令人厭惡的「軍團」沒什麼分別，以人形殺戮兵器之姿令人聞風色變的那個名字。

『八六……該死的共和國怪物……！』

無論是履帶式或多足式，基本上凡是機甲類兵器，除了戰鬥以外盡量不要自行移動，才能降低故障風險。

看著先進技術研究局設計案一〇二八號試驗部隊實戰戰隊「極光」的專用重裝運輸車，將自己的「女武神」——「送葬者」機收容完畢後，辛才返回運輸車的座艙。

在聯邦軍通用的鐵灰色機甲駕駛服上，有著貴為國徽的雙頭鷲徽章，以及少尉階級章。裹著脖子的天藍色領巾，嚴格來說算是違反軍紀，但在正式場合之外，這點小瑕疵不會受到追究。

正當辛想解下藏在領巾底下的同步裝置時，待在後方貨櫃的整備人員透過知覺同步傳來了通訊。

『——諾贊少尉。』

「伍長，無線電還開著。」

知覺同步和無線電同時傳來「嘖！」的一聲。

『糟糕，忘了關啊。這個叫知覺同步的東西為什麼不能弄成跟無線電一樣啊？還把那些不聽人話的傢伙全都塞進了我們隊裡，搞什麼鬼實驗……啊，彈藥補給方面，還是高速穿甲彈和成形裝藥彈（HEAT）各半就好，對吧？』

極光戰隊的隊員，大半都是沒有正規軍籍的舊戰鬥屬地兵。過去聯邦還是帝國時，境內設置了名為戰鬥屬地的前線防衛陣地，而這些士兵當時都屬於定居該地的隸屬戰士階級，從祖先開始代代都在戰場上打滾，在現今政權下定位近似於傭兵，因此軍紀較為渙散。即使如此，他們向這位上官說話時，語氣上仍會盡量保持敬意。

「沒錯。」

『還有，高周波刀已經沒有備用品了。因為「破壞神」的數量減少很多，再加上會使用那種不正常武器的，也只有少尉一個人。所以請少尉下次戰鬥的時候，別再用那種像是當街砍人試刀的戰法，砍來砍去了好嗎？』

不用正式名稱「女武神」，而是使用和機體原型的共和國「無人機」一樣的名字——「破壞神」來稱呼XM2，也是極光戰隊的特色。據說這是因為在一個月前，將實驗機分配到部隊後不久所發生的戰鬥中，原來的戰隊長和戰隊半數，也就是大約一個中隊人數的成員陣亡，於是從倖存的軍官中按順位遞補成為戰隊長的辛如此稱呼這款機甲，所以大家也跟著這樣叫了。

事實上大家也承認，這個名稱比女武神更適合這架機體。

假以救濟輾斃信徒的異形神祇之名，和這架在開發途中令測試駕駛員喪命，配置到部隊後也無情地殺害了半數成員的鋼鐵烈馬，可說是極為相襯。

由於駕駛員的適任條件過於嚴苛，縱使極光戰隊遭受了軍事用語上可謂全滅狀態的重大打擊，卻還是沒有進行重編，甚至沒有得到任何人員補充。

「大概沒問題吧。『軍團』差不多要撤退了。」

『咦？……喔，這樣啊……雖然搞不懂少尉那種能力是怎麼回事，不過還真是方便呢……』

語調中混雜著苦笑與畏懼，抛下像是感嘆又像是獨白的這句話後，這次對方真的取下了同步裝置。一個狀似喉震式麥克風，外型卻更為洗鍊而富機能性的金屬環。

結果像頸圈這一點還是沒變啊。辛突然冒出這個念頭。

這時，一道說話方式誇張到甚至不能用古風遺韻來形容，就連腦子裡只有戰場的辛也覺得嚴重與時代脫節的尖細嗓音，從車長席傳了過來。

「汝辛苦了，辛耶。」

「……芙蕾德利嘉，妳又偷偷跑進來了？」

從座椅上探出身子，轉過身來對辛說話的，是一名剛滿十歲的嬌小少女。

身形纖細的她，在軍帽底下露出一張如人偶般精緻白皙的臉蛋。宛如寶石的焰紅種紅眸與長度及膝的夜黑種筆直黑髮，與肅穆的鐵灰色軍服醞釀出不可思議的和諧氣氛。

這位在辛分發到實驗部隊前，就已經認識半年有餘的早熟少女，得意洋洋地挺起平坦胸膛。

「汝以為和整備人員串通便能將余排除在外嗎？太天真了。緊急出擊時，整備人員光是進行最終確認便忙得不可開交，趁亂潛入可說易如反掌。」

「——伍長，返隊後我想和你談談。」

『少尉……！不是啦，請聽我解釋好嗎！這次真的是因為忙到不行才……』

對部下進行通達後便逕自切斷了無線電，嘆了口氣，低頭望向那雙和自己一樣的紅色眼眸。

「我不是告訴妳好幾次了，不需要跟著出擊也沒關係。要搞清楚妳的職責啊，『護身符(吉祥物)』。」

「明明是靠著余的管制進行作戰的呢。話又說回來，汝可沒有資格教訓余呀。雖說這支部隊只是小編制，但堂堂指揮官竟拋下僚機單身突入敵陣，這也是汝的壞習慣。班諾德對此可是有不少怨言吶。」

聽到這句話，早一步回到車艙中，現為極光戰隊最上級軍曹的壯年男子聳聳肩。

班諾德之所以只是聳聳肩卻不說話，是因為這個問題並沒有嚴重到需要正式申訴，單純只是個人的不滿，同時他自己也明白，就戰術上來說辛的判斷是正確的，所以辛對於班諾德這樣的反應也不會多說什麼。

「是跟不上的人需要檢討。若是為了等待會合，拖累了殲滅敵軍的時間，就會失去機動防禦

的意義。」

被當成扯後腿的同小隊其他處理終端們，也只能默默露出苦笑。

反觀芙蕾德利嘉卻皺起眉頭。

「機動防禦……是嗎？這確實是汝所擅長的任務，但……余並不喜歡。那是以自軍防衛線遭到突破為前提的戰術呀。」

這是大膽地以步兵部隊為主力部屬在第一線，將兼具高機動力與火力的機甲部隊全部留置後方，等敵方部隊突破第一線後才投入戰場的防衛戰術。由於近一個月以來「軍團」的攻勢過於猛烈，導致西部戰線各軍停止推進，為了堅守防線及降低損耗不得不出此下策。

「就算擋得住一時，但在雙方總兵力與產量有落差的狀況下，總有一天會崩潰——到時候，在前線作戰的汝等又會有何下場呢？」

站在辛的角度來說，他覺得事到如今再說這些也於事無補，而且也毋須在意，因此他當作沒聽見在自己的座位坐了下來。

事到如今又有什麼好擔憂的。

當國家崩潰時，前線士兵會有何下場的問題——對他們來說毫無意義。

芙蕾德利嘉有些不快地探出身子。

「有沒有聽見呀，辛耶？不珍視自己性命這一點，也是汝的壞習慣呢。如今，汝已經不在共和國第八十六區，而是在聯邦的戰場——呀啊！」

少女特有的尖細嗓音，雖然音量不大，卻十分煩人，辛索性把少女的軍帽拉到鼻子上扣住，好讓她關上嘴巴。

把受到襲擊而拚命掙扎的少女扔在一旁不管，他便靠在堅硬的座席上閉目養神。發動夜襲的「軍團」數量十分可觀，今天想必會收到源源不絕的救援請求吧。雖說徹夜戰鬥已經是家常便飯，但能夠休息時，還是抓緊時間小睡片刻也好。

身旁的芙蕾德利嘉還在鬧個不停。

「哇啊，拿不下來，拿不下來啊。班諾德，快幫幫余！」

「好啦好啦。幫妳拿掉之後，要乖乖保持安靜喔。姑且把少尉算進去，連日戰鬥讓大家都很累了，有些人也想多少睡一點。」

「唔嗯……抱歉。」

感覺到有人悄悄瞄向自己的視線，之後辛也委身於短暫的假寐之中。

而在睡夢中也不絕於耳的機械亡靈嘆息聲，依舊不曾消停，直到西方盡頭的大地，滿是這些亡靈的聲音。

†

第一五號前進基地（FOB一五）是設立於齊亞德聯邦西部戰線，第一七七機甲師團責任戰區預備第二防衛線後方，是第一四一機甲連隊的根據地。

在因為人員與機甲數量眾多而擁有廣闊腹地，導致空間跟著大到不行的軍官餐廳中，尤金一隻手拿著餐盤，找尋某個人物。由於每次移動戰線就要重新整理一遍，所以餐廳也顯得嶄新而簡潔。在十年前的公民革命之前，也就是聯邦還稱為帝國的時候，最裡面的牆上應該是掛著獨裁者們的照片吧，如今則是掛著寫有聯邦國策「我等以正義立足世界」的橫幅布條。

「嗯。如果要找極光戰隊的軍官，就在對面那邊喔。」

「非常感謝。」

「試圖理解接納異邦人的積極態度十分令人讚賞啊，這位少尉小朋友。尤其是他們八六本應處於受到同情的立場呢。」

對著這位亮出一口白牙，看似擁有舊時代貴族身分的純種青玉種上尉回以曖昧的微笑後，便穿過人來人往的餐廳，走向對方所指引的方向。

雖然對方說的沒錯，但是自己也不得不承認，除了那個人以外的「八六」——何況自己根本沒見過其他八六——就像一團迷霧一樣，讓人不禁感到有那麼點害怕。

不過，如果不要把他們想成妖魔鬼怪，抱著平常心找他們攀談，好好聊一聊，了解他們是什麼樣的人，或許就能解開誤解了……

在多民族國家的聯邦軍基地中，當然有著多采多姿的人種，但年齡組成卻十分年輕，其中也不乏十七八歲的少年少女。他們和尤金一樣，都是出身於特別士官學校的少年軍官。在修完中等教育後，接受了最低限度的軍事教育便被任命為少尉，在從軍過程中繼續接受本應在任官前修畢的高等教育的特例制度適用者。

這是在經過與「軍團」長達十年的戰爭後，為了確保劇烈損耗的軍官維持在一定人數，而不得不出的下策。

話雖如此，讓中產階級家庭的孩子也有機會成為軍官，可說是一項惠民德政，而且採用的是志願制度。無論戰況何等惡劣，聯邦政府都不會打破原則，推行無視國民意志的徵兵制度。強迫他人上戰場，是那些令人不齒的垃圾才會做的事。

因為聯邦和帝國，以及和西邊的那個國家不一樣。

在現代戰爭中，士兵必須具備熟練的武器使用技術和知識，所以就算利用徵兵制度在短時間內募到足夠的兵員，也派不上用場。這是尤金在特士校的同梯兼室友兼搭檔的友人說過的話。

「……喂，極光戰隊的人怎麼會在這裡？」

「大概是因為昨天我們部隊發出救援請求吧。那個死神附身的無頭骷髏，讓人有點不太舒服啊。」

「那些傢伙來到這裡的這一個月，擊墜數實在很嚇人啊。不管是敵人，還是自己人。」

「話說，原來是真有其人啊。我本來以為所謂的處理終端只是謠言而已。」

「別說了，這樣不就和共和國的垃圾沒兩樣嗎？我們是光榮的聯邦人，可不能做出這種無恥的行徑。」

「說的沒錯——願光榮歸於雙頭鷲。」

和尤金擦身而過，體格壯碩像是裝甲步兵的軍官們的談話，有些諷刺地也替他指引了方向。

在角落的長桌末端看到要找的人之後，便邁步走了過去。

就在一身整齊軍服，連軍帽都戴上的嬌小少女對面，坐著一個身穿雙排釦軍常服，默默吃著盤中早餐的少年。

因為兩人都擁有夜黑種的漆黑髮色，以及焰紅種的血紅雙眸，看起來就像年紀差很多的兄妹。大概是因為舊帝國貴族階級特有的端正容貌，讓他們顯得十分神似，不過尤金知道他其實已經沒有家人了。

早晨人聲鼎沸的餐廳中，只有那裡沒什麼人坐的原因，究竟是崇尚純種的舊貴族所厭惡的混血血統表露在外的，也為民眾所厭惡的支配階級後裔特有的色彩與容貌所致——儘管夜黑種與焰紅種都是從帝國黎明期發跡的支配階級，但兩者的混血兒卻會同時遭到兩大貴種排斥——還是因為他們的所屬部隊，以及他們自己的惡名所致呢？

用叉子尖端戳著餐盤一角，少女以金絲雀般的嗓音開口：

「……辛耶。汝喜歡吃香菇嗎？」

「還好。話說，要是不想吃的話，就別勉強吃了。」

「話雖如此……若是吃不完，豈不是辜負了廚師的苦心。畢竟這也是辛苦的結晶呀。」

「那就努力吃完吧。」

「唔唔。」

雖然他嘴上這麼說，卻還是把那份奶油香菇除了一小朵外，統統掃進自己的餐盤裡，看起來就像個刀子嘴豆腐心的哥哥。

走到兩人身旁後，尤金出聲搭話道：

「好久不見，辛。」

隨意掃過來的血紅色眼眸，在自己身上停了一會兒，又眨了眨。

「尤金。原來你分發到這裡啊。」

「從上個月開始呢。」

告罪了一聲後，就拉開少女身旁的椅子坐下。只見一雙清澈的血紅色大眼望著自己。

「昨天多謝你救了我一命。那個骷髏的識別標誌是你吧？」

辛思索了一下。

「是啊……抱歉，你是在哪個部隊？」

光憑「昨天」這個條件，答案似乎不只一個呢。

「哈哈，看來你很活躍啊。」

不停地來回望著兩人的芙蕾德利嘉，忍不住發問道：

「兩位認識？」

「我們是特士校的同梯。」

「雖然認識的時間更早就是了。同樣選了機甲科，又分在同一間宿舍當室友，在訓練中也被安排成雙人搭檔，所以在『破壞之杖』的駕駛訓練也總是坐同一架機體。」

芙蕾德利嘉眼珠一轉。

「喔喔……那可真是辛苦汝了呢……」

尤金像在惡作劇一樣雙眼放光，探出身子說道：

「妳也是受害者嗎？沒錯，這傢伙真的悶到不行又難相處，根本不知道他在想啥。」

「唔嗯，余懂汝的感受。就算找他說話，也不肯將視線從書本上移開，放余一個人尷尬也不肯吱個聲，對於他沒有興趣的話題更是左耳進右耳出呢。」

「不過啊，平常這傢伙雖然冷漠到讓人懷疑他的血是什麼顏色，可是總會在意想不到的時候突然亂來啊。妳知道辛的零分傳說嗎？」

「哦——不妨說來聽聽？」

「他在戰技訓練的模擬戰中，讓『破壞之杖』跳了起來，結果因為危險操縱，直接被評為不及格了。」

那是四個月前，在特士校歷時三個月基礎課程的尾聲所發生的事情。

雖然光論操縱技術的確令人嘆為觀止，但是讓一架重量超過五十噸的「破壞之杖」進行跳躍機動動作，不但會損害機體，也可能使機內的兵員負傷。事實上，當時擔任砲手的尤金的後腦杓就猛力撞上了本為保護之用的頭枕，親身體驗到什麼叫「眼珠子都快掉下來」的感覺。

辛和「破壞之杖」本來就八字不合——雖然說討厭堅固的複合裝甲與凶猛的一二〇毫米砲這種事本身就很奇怪了——但是辛也以此為契機，改分發至作為「女武神」實驗部隊的一〇二八實驗部隊……但這讓尤金覺得滿寂寞的就是。

不過呢，當事人對於眼前的爆料大會一點反應也沒有，自顧自喝著咖啡的模樣，實在一點也不有趣。

尤金與芙蕾德利嘉皺著眉頭面面相覷，隨即噗哧一聲，一起笑了出來。

「我是第一八中隊的尤金．朗茲少尉。請多多指教。」

「芙蕾德利嘉．羅森菲爾特。余記住汝了。那麼……」

芙蕾德利嘉將放滿砂糖與牛奶，感覺甜到不行的咖啡（雖然在她想要舀起第四勺砂糖時，辛就把糖罐拿走了）一口喝完後，站了起來。

「那就不打擾兩位敘舊，余先行一步。」

兩手端著成人專用，和她的身型相較之下更顯龐大的餐盤，巧妙地從來往的人潮中鑽過，漸行漸遠。

凝視著那道纖細的背影，尤金開口問道。

那個在軍事基地當中顯得相當突兀的年幼少女——

「……是你們隊上的『勝利女神（吉祥物）』？」

「嗯。」

那是這個國家從帝政時期傳承下來，如今仍遺留在部分軍隊裡的習俗。

原本這是為了防止徵召來的士兵逃亡而制定的一種策略。讓年紀與士兵們的女兒或是妹妹相仿的年幼少女加入部隊，一起同吃同住，營造家族的感覺。這樣一來，為了保護親愛的「女兒」不受敵方傷害，士兵就會捨命奮戰了。

「因為我們隊上和傭兵部隊差不多，所以她就是遵循這個習俗而來的人質吧。」

不是差不多，根本就是不折不扣的傭兵部隊。

舉例來說，昨晚前去救援的小隊當中，只有辛是正規軍人，其他戰鬥成員全都是傭兵，而包含上官在內的軍官，早在之前與「軍團」的戰鬥中全數陣亡了。

「……真是殘忍啊。都什麼時代了還用吉祥物這一套。而且還把人放在一堆傭兵裡。」

「那是她自己選擇的道路。」

望著如此平淡回答的辛，尤金皺起了眉頭。

「怎麼會啊，那麼小的孩子沒有理由上戰場吧。」

冷不防回望過來的血紅色眼眸，讓尤金的內心不禁動搖。

總覺得好像有些隔閡——不，正確來說，是那個眼神彷彿拒人於千里之外。

讓人覺得對方好像和自己分處於不同世界那般決絕。

尤金拋開負面情緒，斟酌了一下用詞後才開口說：

「再怎麼說，也沒有理由讓那麼小的孩子上戰場，應該是別人保護她，而不是她來保護別人。

不管是家人、國家、正義或是自己的生活，都不該是她這年紀的孩子該煩惱的事。既然如此……她又為何非得上戰場不可呢？——不是嗎？」

辛垂下眼簾，閉上眼睛一會兒之後。

再度睜開的雙眼當中，充滿靜謐的氣息，而先前那些漠然而決絕的神色已經消失無蹤了。

「……或許是如此呢。」

離開去拿第二杯咖啡，就順便幫尤金也拿了一杯的辛走回長桌，尤金在道謝之後接過了紙杯。

雖然只是名義上的咖啡，實際上是用大麥和菊苣根炒製的替代品，但在聯邦勢力範圍完全遭到「軍團」包圍，一切通訊手段都被阻電擾亂型的電磁妨礙所阻斷的現在，別說是與其他國家進行貿易，甚至多年來都無法確認彼此是否存在。所以產地位於大陸南方與東南方的正宗咖啡豆，當然是有錢也買不到。

「對了，我記得你有個妹妹吧？」

「喔喔，對啊。雖然年紀比我小很多。」

從打得很緊的軍服領帶底下把和兵籍牌掛在一起的盒式鏈墜拿到襯衫外頭，用手摸了摸。

「……我們家父母親都不在了嘛。為了讓她盡量上好一點的學校，我得多賺點錢才行。」

六年前，就在與「軍團」的戰爭進入白熱化階段，一家人打算逃離故鄉的時候。

通往首都的疏散列車已經沒有容下一家四口的空位了，所以父母親為了小孩的安全，硬是把尤金和妹妹推上列車。

此後父母親就全無音訊。

由於來不及帶走全家福照片，所以當時還在襁褓中的妹妹完全不記得父母的長相。

「現在初等學校剛好放暑假了，等下次休假，我想帶她出去玩呢。雖然要出遠門旅行不太可能，不過可以去動物園或遊樂園，順便逛逛街。畢竟是個女孩子嘛，總是喜歡漂亮的衣服和鞋子之類……啊，對了，聯邦首都的百貨公司好像開了一間新的咖啡廳呢。」

看著話匣子打開就停不下來的尤金，辛不禁微微揚起嘴角。

「當哥哥還真辛苦啊。」

「有什麼關係。就算你想體驗我也不會讓給你喔。」

「不用了，我身邊已經有個夠吵的了。」

尤金愣了一下回以苦笑，隨後辛卻突然收起笑容。

「既然如此，你不是更應該選擇軍人以外的道路嗎？現在戰況不太樂觀，接下來大概只會更加惡化吧。」

既然你還有著無可取代的家人。

聽出辛的言外之意，尤金正色說道：

「那是你從上一個戰場的經驗，所做出的判斷嗎？」

「——沒錯。」

還是軍官候補生時，尤金曾問過辛的經歷，也得到了回答。

而這些見聞，也曾讓尤金逃過死劫。

在特士校時，作為訓練的一環，候補生必須參加實戰。雖然只是以突擊步槍搭配野戰服的舊式裝備進行巡邏，單純體驗戰場氣氛好增加膽量的「任務」，他們卻不幸遇上了「軍團」奇襲。率隊教官也在途中被「軍團」殺害，而那時尤金正好和辛一組，才有幸生還。

為什麼你能看穿「軍團」的動向呢……為什麼你這麼習慣於戰鬥呢？那時尤金問了這樣的問題。

雖然辛思索了好一會兒，最後還是回答了自己。就和平常一樣，用平淡的口吻訴說著……那段過去。

從祖國決定的死亡命運中僥倖存活的來龍去脈。

就連總是藏在軍服領子裡面的頸部疤痕——那道很明顯出自於惡意傷害，宛如斬首傷疤一般的猙獰傷痕，都讓尤金看過了。但尤金不忍去追問這個傷痕的由來。

正因為辛了解戰場的悲慘，以及與「軍團」的戰鬥是多麼慘烈，所以才會擔心自己。發現這一點的尤金十分開心，沒想到平時又悶又難相處還很冷淡的辛，是個不錯的傢伙。

明明有著那樣的過去，卻還是願意和白系種，而且是純種的自己成為朋友。

「……嗯，不過，也是啦。說的也是呢。」

尤金喝了口快冷掉的咖啡，忍不住皺眉。好苦，忘了加糖。

「我們隊上光是昨天就死了十五人。雖然聯邦從十年前開始，就一點一點擴大了控制範圍，但這座基地呢，其實也是今年開春時推進了戰線，才來到現在的位置。不過，想要不付出人命代價也是不可能的。」

聯邦前身的齊亞德帝國橫跨大陸西北到中北部，不但是全大陸國土面積與人口第一的超級大國，也是軍事強國。

在聯邦成立後不久，便受到「軍團」調頭反撲，但守衛整個邊境的戰鬥屬地發揮應有的作用。雖然各戰鬥屬地都被敵軍削減了至少一半，卻成功讓負責生產活動的屬地及身為國家中樞的首都完好無缺。

因此保留下來的強大國力與軍事能力，加上遺留在帝立研究所的「軍團」部分性能資料，以及在這十年戰爭中不斷累積，凝聚用來反制「軍團」的各種智慧結晶。

綜合這些基礎才勉強與「軍團」匹敵，也終於將戰線逐漸往前推進，這就是聯邦目前的戰況。無論是國家安寧或國土擴張，都是靠著如流水般消耗國力與士兵性命才換得的成果。

從綜合性能來看，加入了能夠捨棄駕駛員這個脆弱零件的技術後，「軍團」本來就已經超越了聯邦軍所有的兵器。

再者，中樞處理系統原本設定了無法變更壽命上限的「軍團」，卻靠著掃描陣亡者腦部構造的奇招，克服了天生的壽命極限——辛把這樣的個體稱為「黑羊」——讓永無止盡的戰鬥與殺戮化為可能。如今，積極狩獵活著的人類，以獲取未劣化腦髓的集團「獵頭者」也已經證實的確存在，因此真正瀕臨極限的反而是聯邦才對。

「昨天就我所見，其他部隊的狀況也差不多。老實說，第二防衛線沒有被攻破，甚至都讓人感到意外。」

「我聽到隊長們在說，戰況激烈的時候，這種情況是家常便飯。因為西部戰線是聯邦最大的激戰區，而第一七七師團戰區又是西部戰線中最為慘烈的戰區。」

聯邦的東部戰線及南北第一到第四戰線受惠於山岳、高地及大河等自然屏障保護，防衛線較容易維持。唯一以防守難度極高的廣大平原為戰場的西部戰線，不得不以量取勝，投入了總戰力超越各戰線的四個軍團，用來駐守總長四百公里的戰線。在地利不便的戰場上與「軍團」廝殺的西部戰線士兵，死傷率高得嚇人……當然，陣亡人數也居各戰線之冠。

「家常便飯啊……雖然我只在這邊的戰場待了一個月，但這樣的死亡率一點也不稀鬆平常。『軍團』的擊墜數和我方的死傷數簡直不成比例。總覺得為了維持戰線，實在死太多人了。」

「的確，完全感覺不出我們能贏啊。像隊長那個層級的人已經習慣了，而更上頭的軍方高層其實都是舊時代的大貴族，所以不管底下的庶民死了多少，也不過就是一串數字，就像是家畜少了幾頭一樣。」

說到這裡，尤金猛然回神，閉上了嘴巴。

因為眼前這個談話對象，就是被祖國當成家畜看待，甚至無法列入陣亡者的數量統計之中。

「……抱歉。」

「嗯？怎麼？」

明明露出不解的表情，卻擺擺手表示不在意。要是他真的不在意就好了，畢竟自己並不是故意要喚起那些不好的回憶。

不過。

尤金突然冒出一個疑問。

既然如此，辛又為何要返回這個戰場呢？

辛已經沒有家人了。

全都被原為祖國的共和國奪走了，留他一個人獨自活在這世上。

並非聯邦出身的他，在這個國家當中沒有必須守護的人，也不是出自於守護祖國或同胞的理念，就連為了討一口飯吃這種諷刺的理由，也因為聯邦政府肯定會予以援助，根本站不住腳。

那麼——究竟為什麼？

「……辛，我問你喔。」

「什麼？」

「沒有啦……就是啊，既然這樣，你又為何……」

問這種問題真的好嗎？尤金在遲疑之下變得吞吞吐吐。

這時，紅色雙眸忽然從尤金身上，移往別的場所。

辛似乎注視著比基地外的厚實防壁更為遙遠的所在，四周的氣溫似乎微微變冷，壓得尤金喘不過氣，只好閉上嘴巴。

「……怎……」

怎麼了？

正當他要問出口的瞬間。

鈴聲大作的警報聲就打斷了他。

那是能夠深入交戰區深處的自走式無人索敵機，偵測到「軍團」所發出的警報。

過去，齊亞德帝國開發了「軍團」，將其投入侵略全大陸的戰爭之中，但是身為後繼者的齊亞德聯邦，除了能夠遠距操作的索敵機之外，不再採用任何無人機。

在帝國時代，高等教育由構成獨裁政權的大貴族，與底下的貴族階級所壟斷。因此，以平民階級為主體的聯邦，對於當時帝國所展現的超技術力也只能望洋興嘆。此外，由於幾乎是以一己之力完成「軍團」人工智慧架構的主任研究員在戰爭爆發前死去，導致聯邦沒有能力開發代替「軍團」的完全自律式無人戰鬥機械。

而且，就算真的開發成功也不能實際應用，這是聯邦從政府到國民共通的主流意見。為國家同胞而戰，是公民的義務與權利。不能把這項義務丟給機械負責，也不能讓這個權利被區區機械搶走。

因為失去控制的機械會做出什麼事——答案就在眼前發生。

一瞬間，整個餐廳陷入緊張與沉默，而緊張隨後便化為騷動。在群情激昂之中，兩人站了起來。

「昨天才打完，今天又來啊？那些臭鐵罐真是閒閒沒事做，這樣會找不到女朋友喔。」

「自動工廠型（Weisel）的語源是女王蜂，所以出廠的那些等同於兵蜂的『軍團』從性別上來說，應該都是女性吧。」

「所以這是要跑來聯邦軍這個男人窩裡搶男人嗎？熱情到我都要哭了。」

兩人互相開著玩笑，走出餐廳後在走廊分道揚鑣。隸屬正規機甲部隊的尤金，與待在實際上算是受僱於研究局的實驗部隊裡的辛，分屬於不同指揮系統，而愛機的機庫自然也就不會是在同一個地方。

「那下次再聊吧。」

「嗯。」

各戰區部隊將主戰場設在障礙物較多，空間較狹小的森林與都市廢墟，才構成了整條聯邦西部戰線。

這是為了與「軍團」主力的戰車型，以及敵方為突破戰線而集中投入的重戰車型交戰時，能夠盡量爭取有利條件而設下的策略，但也並非毫無破綻。對同樣體型巨大的「破壞之杖」而言，這樣的地形也不利於移動。比方說，如果和僚機之間的陣型被破壞，又被輕量級的近距獵兵型團團包圍的話，就凶多吉少了。

在西部戰線特有的，混雜針葉樹與闊葉樹的森林中。從四面八方湧現的近距獵兵型攀上粗壯堅實的老樹樹幹，從上方來襲。為了甩開它們，尤金駕著「破壞之杖」往前衝。五十噸的重量蹴地造成的地鳴，打破了森林的安寧，驅動系統也不停發出哀號。

「軍團」的攻勢不分晝夜，就像海嘯般一波接著一波。

攻勢斷斷續續毫無規則可循，卻像瘋狗一樣死咬不放。一次又一次發動襲擊，一步步削弱我方的戰力與士氣，一旦發動攻勢，有時戰鬥甚至要持續半個月之久。

和繁殖時間以年為單位計算的人類不同，唯有能夠不斷量產，從支配區域最深處的自動工廠型當中如烏雲般湧出的「軍團」，才有能力實行這樣的戰術。

戰場的天空總是被阻電擾亂型的銀色雲霧所覆蓋，不管是感應器、雷達還是資訊鏈都受到阻斷的情況下，長距離砲兵型的猛烈砲擊間歇性襲向壕溝裡的步兵。以個別性能來看，裝甲步兵不敵近距獵兵型，而「破壞之杖」也無法和戰車型相比擬，即使如此，它們還是會以壓倒性的強大戰力發動聯手攻擊。儘管戰術多少顯得稚拙且單純，但以兵器的性能差距及數量的淫威補足這點，發起與亡靈大軍之名相符的猛攻。

或許會輸吧。腦中不時會閃過這樣的念頭。

我們——聯邦乃至於全人類，面對沒有理由也沒有目的參與這場戰爭的殺戮機械，總有一天會無力抗衡而敗北吧——……

『朗茲少尉！你在發什麼呆，想死啊！』

「抱、抱歉！」

車長在斥責的同時猛踹駕駛座的椅背，讓尤金從暫時沉浸的思考中回到現實。眼前的雷達螢幕塞滿了「軍團」紅色光點，勉強連上線的電子通訊系統，在多功能全像螢幕上顯示著各部隊的戰鬥狀況。

戰況不太樂觀。負責機動防禦工作，本應在第二防衛線後方待命的機甲部隊，此時都暴露在最前線了。

極光戰隊——辛所屬的部隊也在附近列陣作戰。他們從展開突襲的戰車型集團側面發動奇襲，形成敵我雙方大混戰的局勢，止住了敵軍突襲的勢頭。在敵軍正面的友軍機甲部隊趁機重整態勢，與極光戰隊合力展開反擊。

辛的部隊總是會出現在最需要他們的戰場上。

但那同時也是最危險的戰場。身旁「軍團」殘骸堆積如山，我方士兵也如潮水般逝去，那是名符其實的屍山血海。

他們身處於人人避之唯恐不及的戰火地獄，卻依舊勇往直前。

尤金也知道，「吸人血的惡魔」這個用來揶揄他們的蔑稱，已在前線部隊之間傳開了。

那些背負著「傳達死訊的公主（女武神）」之名的無頭骷髏，總是會嗅著鮮血與死亡的味道而現身。軍中是這樣形容他們的。

沙——強烈的噪音竄過了所有的光學螢幕及多功能全像螢幕。

全像螢幕上的阻電擾亂型的分布密度改變了，電磁干擾也變強了。

在噪音蓋過一切的前一刻——螢幕上慌忙後退的極光戰隊的光點，以及某個人在開放頻道中對著所有部隊大吼的聲音，莫名清晰地留存在腦海中。

從高空飛來的某物爆炸了，產生的衝擊波往四面八方散開。

在所謂彈速較慢的無後座力砲都超越音速的現代戰爭中——砲聲總是會晚一步到來。

鋼鐵化為傾盆大雨。

在強烈的電磁干擾下，無線電完全陷入沉默，但經由人類集體無意識進行交流的知覺同步，並未受到影響。

『沒事吧，辛耶？』

「沒事。」

『太好了。』

話雖如此，芙蕾德利嘉的聲音卻在顫抖。

『但是……抱歉。有個壞消息。』

抬頭望著被自鍛破片的彈雨所撕裂，微微冒煙的鐵灰色殘骸，辛平靜地開口：

「芙蕾德利嘉——把『眼睛』閉上。」

睜開眼睛後，才發現自己身處於鮮嫩欲滴的綠意中。

頭頂上滿滿的橡樹與山毛櫸樹葉，呈現柔和的綠色。而冷杉與松樹則帶著濃烈的綠色。在阻電擾亂型構成的雲霧及層層交疊的枝葉阻礙下，顯得有些薄弱的陽光，輕輕穿透了周遭的霧氣，讓這片霧氣也染上了綠意，宛如在北方森林的夏季中所見到的，清透飽滿的翠綠。

沾滿露水的小草碰著臉頰的感觸，讓他明白自己正躺在地上。一旁則是宛如巨獸屍骸般跪坐在地，遭到擊沉的「破壞之杖」鐵灰色巨影。

感覺有一道削瘦的身影蹲在自己身旁，尤金用模糊的雙眼努力辨認。

「辛。」

血紅色的目光靜靜地望著自己。就連這種時候，那雙紅瞳依舊是那麼地冷冽而靜謐。假如這世上真的有死神，祂的眼神一定就像這樣吧。

「隊長……呢……？」

「陣亡了。」

「我……我呢……」

他隱約猜到自己大概沒救了。要是自己還有希望的話，辛才不會像這樣什麼也不做，只是低頭看著。

「你還是別問比較好。」

「告訴我。」

辛嘆了口氣。

「腹部以下都沒了。」

從辛那身鐵灰色的駕駛服像在血海泡過的慘狀就知道，絕不只是被大卸八塊那麼簡單。

這傢伙……人還真是不錯啊，不像表面上那樣冷漠呢。心裡雖然明白，尤金還是忍不住露出苦笑。

對方明知道把自己救出來也無濟於事，還是弄髒了那身軍服。不僅如此，由於自己完全感覺不到疼痛，很明顯就是對方幫自己打了嗎啡。把珍貴的止痛藥，就這樣用在毫無生還希望的士兵身上。

不過，還是很感謝他把自己拖出機外。

畢竟留在封閉的駕駛艙中，被自己的血液和內臟溺死的死法，實在太糟了。

「辛……我有個最後的請求……」

「什麼？」

「可以把那個鏈墜……放到我手上嗎……就在工具箱裡……」

發現低頭望著自己的那雙眼眸微微動搖了一下，尤金才恍然大悟。

對喔，就算想拿，我的雙手也已經……

大概是不想讓血弄髒，只見辛脫下手套取出鏈墜，稍微思考了一下後，從尤金的駕駛服領口放進衣服裡面。金屬冰冷的異物感，在體溫的傳導之下隨即消失無蹤。

宛如不祥的烏鴉一般，辛無聲地站了起來，從右腿的槍套中拔出手槍。

拉動滑套，將第一顆子彈上膛。這是一把比聯邦軍配給破壞之杖乘員的手槍更大型的九毫米自動手槍。也是對「軍團」裝甲毫無用武之地的最後武器。

要是叫自己做出同樣的舉動，肯定會雙手發抖，什麼也做不成吧。但此時對準自己的槍口與眼神，卻沒有絲毫動搖。

因為知道這並不是對方冷漠無情的緣故，所以尤金擠盡最後的力氣露出笑容。一定要回報他的恩情。至少這點小事要做到。

「抱歉……謝謝你了。」

槍聲響起。

剛才芙蕾德利嘉雖然說對方「還活著」，卻沒說「還有救」，所以辛在第一時間就明白了對方的狀態。

「菲多……」

下意識喚了一聲，才想起那個忠實的「清道夫」已經在「軍團」支配區域長眠，不再陪伴於自己身旁了。

聯邦軍不會拋棄戰友的遺體。在這場戰鬥結束後，尤金的遺體想必也會被帶走，送回家人身

邊，風光大葬吧。而或許該稱為靈魂的存在，也將回歸位於世界盡頭的黑暗深處。

只能把對方的姓名、臨終的容貌、笑容和聽過不知多少次的家族回憶，刻印在自己的腦海中。就和自己以往送走的數百位同伴一樣。

這是辛唯一能夠做到的事了。

作為陣亡報告之用，辛將兩片一組的軍籍牌扯下了一片。這時，一道質量巨大的物體橫衝直撞而來的腳步聲，傳入了耳中。

那不是「軍團」。它們有著超高性能的驅動系統和緩衝系統，連重戰車型都不會發出腳步聲，而且只要「軍團」一靠近，辛馬上就會發現了。

沒多久，畫有第一八中隊刺蝟中隊標誌，傷痕累累的「破壞之杖」便從翠綠霧氣中現身了。

看見一位站在倒地不起的「破壞之杖」與同伴屍體旁邊，卻不是本隊隊員的少年兵後，第一八中隊唯一生還的「破壞之杖」，就在駕駛員的操縱下，停下腳步。

就在不知何處會冒出「軍團」，且不斷上演死鬥的戰場一角。雖然連自衛用的突擊步槍都沒帶，毫無防備到讓人懷疑是否神智清醒，但那道靜靜佇立的身影，卻莫名地令人感到安心。

看到那架多半是對方的座機，在不再動作的「破壞之杖」身旁待機的四足白色機甲後，駕駛員忍不住倒抽一口氣。

「女武神」。一群只會出現在陣亡者眾多的戰場上，不祥的無頭骷髏。

那位少年取下了耳麥，所以無法透過無線電交談。後座的車長兼砲手帶著警戒打開了駕駛艙。只見少年兵往這邊瞥了一眼，微微挑眉。駕駛員不禁低聲呻吟。

「諾贊……！」

對方是特士校的同梯。

在那個說穿了只是把學員趕鴨子上架的特士校，盡是為了減輕家庭負擔而入學的少年候補生當中，表現極為優秀，戰技訓練的成績也一枝獨秀。可是由於鬧出太多像是違反命令等等的問題行為，最後被轉派到不知何方的實驗部隊去了。聽說是一支成員全是戰鬥屬地出身的「禽獸」，被當成特攻武器使用的懲罰部隊。

在這之前，他與一樣是同梯的那架機體的駕駛員尤金．朗茲，是同寢室友兼雙人搭檔。

當這位駕駛員發現倒臥在地只剩一半的遺體就是那個尤金時，不禁倒抽一口氣。

「來得正好。陣亡報告就麻煩你了。」

接住對方隨意拋過來的東西後，才發現是軍籍牌。

嘉納冷靜地問道：

「是你了結他的嗎？」

大概是從辛單手隨意提著的手槍，以及積在草叢中的血泊來判斷的。

雖然傷患的檢傷分類，是由專門的軍醫負責，但有時創傷嚴重到就連外行人也看得出來。既然運回去也來不及搶救，當場讓傷患解脫反而是一種溫情的處置。

辛點點頭。嘉納神情複雜地正要開口道謝時，卻被駕駛員的吼聲打斷。

「──你為什麼不早點來救他！」

辛沒有回答。

只是用那雙炯炯有神而平靜無波的血紅雙眸，回望對方。

「你知道那是尤金吧？在出擊之前那傢伙說今天早上遇見你了，所以你一定知道他在這裡吧！……為什麼不早點來救他！在其他部隊戰鬥的時候，你明明三兩下就幹掉敵人了！」

在負責機動防禦的機甲部隊中，極光戰隊的總擊墜數也是首屈一指。整天遊走在其他部隊陷入激戰的區域，這也是理所當然的結果。

明明強大到這種程度。

明明被聯邦從鬼門關救了出來，受到了保護，根本不需要再上戰場！

「反正幹掉那些臭鐵罐，才是你們眼中最重要的事吧！──你們這些打到腦子壞掉的八六！」

八六。

那是出身自聖瑪格諾利亞共和國，卻被祖國定義為人形豬玀，又被齊亞德聯邦所拯救的同胞們。

是被迫踏上死亡旅程，最後抵達聯邦領地的僅僅五名少年兵。

辛默默不語。

駕駛員試圖繼續開口，卻被身為上官的嘉納摁住肩膀。

「馬塞爾少尉，別說了。你打算淪落到和共和國的人渣同樣的水準嗎？」

這平靜的聲音讓馬塞爾闔上嘴巴。共和國對於本應為國民的「八六」所施加的種種暴行，早在半年前，他們受到政府收容的時候，馬賽爾就從電視與廣播連日的報導中得知了。

自己怎能淪為和那些人同樣的存在。

可是。

嘉納的手依舊放在馬賽爾的肩膀上，低頭致意。

「我為馬塞爾少尉的無禮之舉向你道歉。同時，也為了你對於朗茲少尉的慈悲之舉而道謝。謝謝你，對不起。」

「……哪裡。」

看著緩緩搖頭的辛，感覺有些心疼，嘉納思索了一下才開口說：

「如果你是為了回報救命之恩，才選擇加入聯邦軍，那麼大可不必這麼做。」

「……」

「我們聯邦絕不會向『軍團』屈服，無論就戰鬥而言，或是以正義來說。我們是憑藉自己的意志，為了保護家人、祖國、同胞，和這個國家的理想而戰。絕對不會強迫像你們這樣命運多舛的孩子上戰場……現在還不算晚，從軍中退役，這次就好好過著幸福生活吧。」

然而他所得到的，只有一雙平靜的目光。

雖然所屬單位不同，但聽見上官的話卻不發一語的態度還是很失禮。只見辛忽然移開視線，默默地轉過身去，這才用他平靜而冷淡的聲音說：

「『軍團』來了，趁現在和友軍匯合吧。」

坐在自己的「破壞神」——「送葬者」的駕駛艙中，辛專心瀏覽著多功能全像螢幕上顯示的戰況。

這時候，尤金的死已經被逐出意識之外了。這是他五年來在戰場上度日而培養出來的，戰鬥機械般的思考模式。

他回過神來，啟動了暫時關閉的知覺同步。從聯邦還是帝國時便在戰場上討生活的其餘隊員們倒是無所謂，但是自己殺害熟人的場面，實在不該讓芙蕾德利嘉接觸到。因為事先警告過了，所以她應該沒看見才是。

在啟動的同時，就聽見了芙蕾德利嘉的聲音。看來她一直在線上等著。

『辛耶嗎？』

「戰況如何？」

電子通訊系統的資訊鏈依舊沒有反應。雖然辛能夠確切掌握「軍團」的位置，卻只能從敵人的動向來反推「目前還活著的友軍」分布的狀況。雖然不是辦不到，但在這個戰場上的僚機數量太多了，所以直接詢問知情者比較快。

『不太樂觀。主力已撤退到預備陣地重整旗鼓。方才的砲擊造成極大的損害。』

「妳知道詳細的損害狀況嗎？」

『有好幾支部隊的指揮官已經「看不到」了……這邊雖然也兼任指揮車，但資訊鏈幾乎沒有任何資訊反饋……』

目前沒有條件解除阻電擾亂型的重重封鎖。用來燒燬它們的高射砲，也因為長距離砲兵型的牽制砲擊而無法向前推進。

不太妙啊。辛面無表情地這麼想。

聯邦軍的戰力在許多方面都遠勝於共和國。採用的各式武器都很優秀，也能得到砲擊和資訊鏈的支援……即使如此，與之對峙的「軍團」戰力卻遙遙凌駕於聯邦之上。

共和國那種荒唐的防衛機制之所以能夠維持九年之久，其實是因為「軍團」分出了大半數戰力與聯邦交戰的緣故。換句話說，共和國那邊的戰線在「軍團」眼中不過是一塊實驗性質的訓練場罷了。

『——師團司令部發來聯絡。請極光戰隊在主力再度進攻時，從側面發動突襲。於座標二七．三二集結，在接收下一步指令前，於原地待命……是直接派通訊兵過來通知的呢，看來情況頗為棘手。』

「收到。」

「送葬者」調轉方向，沒多久便與班諾德，以及麾下小隊的兩名倖存成員會合。

散布在全戰鬥區域的自家戰隊所屬機陸續集結過來，雷達螢幕上也顯示著相同數量的友軍藍色光點。

就在熟悉的個人代號光點出現在螢幕上的同時，一道在這座戰場上已經很久沒聽見的聲音響起。

『——難得看到我們隊上全機集合啊。可見「破壞之杖」的損失似乎很慘。』

是「狼人」。

瞥了同時顯示部隊代號與機體編號的那個名字一眼後，辛對著同步連線的對象回答：

「萊登……你去支援的部隊怎麼樣了？」

『很遺憾，這邊的正規機甲部隊也潰滅了……雖說師團打算再度發起攻勢，但是對主力的戰力別抱太大希望。』

『……反正本來就沒期待過。』

『話說啊，這次又是把我們扔到反攻失敗就會被孤立的地點呢。說好聽點是突襲，說難聽點就是要我們替主力當誘餌嘛。』

『戰況惡劣要自求多福這一點，結果到哪裡都沒變啊。』

接二連三開口的，是散落在全戰鬥區域中，同為八六的夥伴。

在強烈電磁干擾下閃爍不定的雷達螢幕上，顯示著和過去戰場同樣的名字。

望著螢幕，辛嘆了口氣。

千里迢迢來到這個國家，戰爭的形式依舊沒有改變。人們還是受到機械亡靈大軍所欺壓、束縛以及吞噬。

在過去眾多夥伴消逝的戰場盡頭，卻也是日復一日上演同樣的戰爭戲碼——當時的他，從未想過自己還會再度踏上相同的戰場。

當時參與那場名為特別偵查的死亡之旅的他——

從未料到。

第二章　裝甲兵進行曲

特別偵察出乎意料地平穩，一行人前進的天數已經超出心理預期了。

在行軍第一天就把擋在前方的部隊解決掉，實在是太好了。因為穿過交戰區之後，進入了「軍團」完全控制的地盤，敵軍巡邏的頻率也跟著降低不少。透過辛的異能掌握了「軍團」的位置與移動方向後，再選擇前進的路徑，或是就地潛伏伺機而動，總之他們盡可能避免交戰，不斷往東前進。

在漸漸進入秋季氣候的野外露宿，吃的全是無味乾燥的合成食品，在敵方勢力範圍內隨時可能全軍覆沒的這場行軍，對他們來說，卻是好不容易才得到的，第一次自由自在的旅行。

「軍團」的勢力範圍，過去也是人類所居住的地區，現在雖然少了居民，但城鎮還留在原地。只要有機會，他們就會探索這些城鎮，狩獵野生化的家畜。若是條件允許，他們會在晚上露營時圍著營火，暢談沿路逐漸變化的街景，以及如今已無人知曉的大自然絕景。

沒多久，秋天的氣息越來越濃厚。在經過的廢墟當中，再也看不見屬於共和國的地名，轉而開始出現各種帝國地名的時候——

他們抵達了那個場所。

「菲多。」

「你就是我們抵達此處的證明——直到化為塵埃為止，這個任務就交給你了。」

單膝跪在側腹挨了砲擊，再也無法動彈的菲多身旁的辛，緩緩站了起來。

最後下達的這道命令，逐漸崩壞的「清道夫」究竟能不能接收到呢？——只具備粗淺處理能力的拾荒機械，能否理解這道命令當中蘊含的意圖呢？

回過頭來，就發現萊登走了回來。

「這樣好嗎？」

辛想了想，才明白萊登指的是刻有死去同伴姓名的鋁製墓碑。

他們不久前才決定將包含哥哥在內的五七六枚墓碑，以及菲多及收集起來的「破壞神」殘骸統統留在這裡。

「嗯。事到如今，我們大概也走不了多遠了。」

除了菲多以外的所有成員，雖然都勉強存活了下來，但在上一場戰鬥中，終於失去除了「送葬者」以外的所有「破壞神」機體。武器也只剩下算是自衛用的小型火器而已，再也無力與強大至極的「軍團」戰鬥。

下一場戰鬥開打時，恐怕就是他們的死期。

明知如此，辛還是淡淡地笑了。

噹。辛用手背敲了敲菲多燒得焦黑的貨櫃。

「這種程度才對得起這傢伙的付出……畢竟我們沒辦法再帶著這傢伙上路了。」

因為這個忠實地替他們剝取裝甲碎片，替死者留下存在證明的食腐者(清道夫)，已經離他們而去。

萊登也「哼」地一聲淡淡笑了。事到如今，對他們來說——

近在眼前的末路又算得了什麼。

「快樂的遠足也終於要結束了啊。」

吐了口氣隨即收起笑容，望著西方——回首這一路跋涉過來的路途。

在充滿秋意的晴空下，盡是一片枯黃的戰場。殘餘的零星花朵迎著微風，黃色的花瓣在空中飄舞。兩條複線軌道在附近會合，延伸到遠方的八道黑色鐵軌，顯得有些諷刺。這是過去的人們在這片無人平原留下的交流痕跡。

「不過，這數量還真是誇張啊。」

「……是啊。」

用盡一切辦法終於來到的「軍團」支配區域最深處，證明了辛以前藉由哀嘆聲所推測的結果沒錯，這裡的確藏有海量的「軍團」。

放眼望去，草原就像是被鐵灰色的馬賽克磚填滿一樣，擠滿了進入待機狀態的戰車型與重戰車型。兩條如洪流般的隊列，是不斷往來前線與後方的回收輸送型。收起翅膀的阻電擾亂型，讓整座枯萎的森林就像掛了一層銀色的冰霰一樣。而前陣子辛等人曾不經意闖入一處大概是它們採集過礦物資源的地方，那些被切碎的山峰殘塊，以及挖到像隕石坑一樣整片乾涸赤紅的大地，簡直就是世界末日的景象。

他們也曾見過多半是自動工廠型或發電廠型的龐然大物，那巨大到無法一窺全貌的身影，在濃重的晨霧中匍地而行。也曾遇到正在大行軍的「軍團」，將周遭一帶堵得水洩不通，逼得他們只好在寒冷的雨勢中潛伏了好幾天。

數量如此可觀的機械亡靈大軍——人力根本無法抗衡。

這場戰爭，是共和國輸了。

或者，該說是人類敗北了。

——總有一天，當「她」抵達了這個場所……真的會有那麼一天嗎……？

把完好的物資裝進最後一個卸下的貨櫃後，安琪駕著「送葬者」機，利用鋼索和捲動器硬是和貨櫃連接在一起，拖了回來。

「兩位該走嘍，這邊的工作已經弄完了。要是逗留太久，偵測到戰鬥聲響的『軍團』就會跑來了。」

轉頭一看，才發現同樣去幫忙連接貨櫃的可蕾娜和賽歐，分別從「送葬者」和貨櫃上跳了下來。

接下來，就要大家輪流駕駛「送葬者」前進了。要是路上遇見「軍團」，就由當時駕駛機體的人負責戰鬥，其他人能逃多遠就多遠，不要礙手礙腳。這是剛才大家一起討論所做出的決定。

伸了個懶腰後，順勢把雙手枕在後腦杓的賽歐，撇了撇嘴說道：

「不過好死不死竟然是辛的『破壞神』啊……辛的操縱設定太過敏感了，實在很嚇人。上頭的限制器也都壞得差不多了。」

「送葬者」之所以能做出「破壞神」本來不可能完成的機動動作，原因大概就是這個吧。當然，也因為辛的操縱技術超過其他「代號者」一大截，才能做出這等驚人之舉。

不知為何興致勃勃的可蕾娜舉起手來。

「那由我第一個開吧。剛剛我的機體是第一個被幹掉的，所以一點也不累。」

雖然僥倖存活，卻很長一段時間沒有接受專業整修的「送葬者」，也已經滿身瘡痍，再加上操縱不熟悉，可蕾娜費了好一番工夫才讓機體站了起來。這時，辛坐在被拖著跑的貨櫃上，再次將注意力轉向背後。

有一架「軍團」跟蹤他們好一段時間了。

對方不知為何沒有發動攻擊。雖然也考慮過是斥候的可能性，但對方並未呼喚其他「軍團」前來，始終獨自一機尾隨在後。當他們停在原地躲藏時，對方也會跟著停下腳步，要是他們往回走的話，對方恐怕也會跟著掉頭吧。

「破壞神」的武器都是以直射為主，所以射程很短，只能攻擊目視範圍內的目標。因此，對於躲藏在地平線另一端的「軍團」，辛也無計可施。而對方似乎沒有對他們下手的意圖，所以辛也沒把這件事告訴萊登他們。

從聲音來判斷，應該是「牧羊人」。由於對方極力隱藏的關係，所以聽不清楚低語的內容為何，但是總覺得聲音很熟悉。

究竟是在哪裡聽過——……？

†

沒有在該死的時候死去，實在是因果報應。

拖著控制不良的機體前進，雷透過瀕臨崩潰的流體奈米機械神經網如此思索。

為了保存與歸納戰鬥資訊，「軍團」儲存於任務記錄器中的檔案，在遭到擊墜時便會傳送到鄰近的僚機。若是「牧羊人」遭到擊毀，則會傳送到事先連同中樞處理構造一起備份的預備機當中。

相較於能夠以同一人為材料，製造出無數複製體的「黑羊」，「牧羊人」則是只會產生單一個體。

因為擁有人格的「牧羊人」，無法忍受另一個和自己完全相同的個體存在。但是對於「軍團」來說，處理機能出類拔萃的「牧羊人」一旦遭到擊毀就等於永遠失去，實在過於可惜，因此為了保險起見，才會像這樣準備了預備機和特別的傳送機制。

話雖如此，雷還是覺得這個機制一點也不實用。

因為在機體遭到擊毀的瞬間，幾乎不可能把已經被破壞的檔案傳送出去。多半連粗略的傳送都無法完成，而且就算成功傳送，能不能順利啟動預備機也是個問題。

事實上，雷的檔案雖然在成形裝藥彈撕裂燒燬的過程中，勉強傳送完成，但那時傳送出去的卻是已經瀕臨崩潰的狀態。

無法維持多久了。

雷心知肚明，所以才會跟蹤在支配區域中前進的辛一行人身後。保持在目視範圍之外……也是為了確保自己能目睹辛走完這一程。

老舊的重戰車型備用機體，一邊發出刺耳聲響一邊前進。

自己究竟是不是修雷．諾贊的靈魂？他突然冒出這個疑問。

留存的檔案明明破損到會隨著時間漸漸崩毀，卻不知為何保留了最後戰場的完整記憶。違反了戰鬥機械本能，瘋狂到將保護與殺戮混淆不清的那個自己。擋在辛身前的白銀色少女幻象。面對好幾次試圖痛下殺手的自己，最後卻仍然願意喊一聲哥哥的那道聲音。這些雷全部都還記得。

在潛伏無數「軍團」的支配區域中，辛與同伴避免交戰，鑽過部隊之間的空檔，一路往前邁進。

雷心想，這樣就好。不要去考慮戰鬥的問題，只要一心思考如何走得更遠就好。前方就是聯邦了。就是那個遭受孤立卻果敢與「軍團」奮戰，人類最大的生存圈。

只要能夠抵達聯邦，辛他們一定會受到嚴密保護。

和共和國比較起來，聯邦的軍人正常太多了。他們絕不會對不同血脈的戰友見死不救，也不會將遺體棄置在戰場上不管。

無數次死裡逃生，而且還是孩子的這五個人——並非有勇無謀之輩。

見到他們抵達終點時，想必自己也就消失了吧。這樣也好。雖然目前暫時還能保持清醒，但自己不知何時又會發狂。心中的期望、渴望以及一切，全都會被「殺戮」所掩蓋……到時候，自己又會開始呼喚辛吧。

一旦發出呼喚，辛多半又會跑來尋找自己。因為他是個內心溫柔的弟弟，無法割捨曾對自己痛下殺手，又不負責任地死去的愚蠢哥哥，在名為戰場的地獄中徘徊了五年之久。

抱歉啊。這次我一定會死得徹徹底底。

只要容許我看著你走到終點就好。重戰車型踏著祈禱般的步伐，往前邁進。

†

『——安琪，差不多該交班了。』

聽見辛冷不防透過知覺同步這麼說，正在操縱「送葬者」的安琪不解地眨了眨眼。與菲多及他們各自的搭檔分別後，好不容易過了兩天。此時他們身處於落葉及楓樹翅果隨風飛舞的紅楓林中，秋天清冽的陽光正從枝葉間灑落。

「會不會太早？上午的班應該要持續到午休結束才對吧？」

『我膩了。』

聽見這任性又直接的回答，安琪忍不住苦笑。他的確不太喜歡和人閒聊，而什麼事也不做，只是看著風景的話，對他來說大概很無聊吧。

「早知道可以這麼悠閒的話，辛就該帶一本你的藏書出來呢。」

臉上依舊帶著苦笑的安琪，將手伸向艙蓋開關把手。

†

由於辛等人平安無事地朝著聯邦前進，讓因為逐漸崩潰而思考遲鈍的雷鬆了一口氣。

只要照這樣走下去，就能安全抵達聯邦軍的巡邏線吧。位在巡邏線上的「軍團」都把戰力和注意力放在與聯邦的戰鬥上，所以只要好好利用地形掩蔽，想靠著一架體型嬌小的機動兵器，從警戒薄弱的後方偷偷穿過防線，也並非不可能。

雖然如今的雷，已經處於不知道會先崩毀還是先看到他們抵達終點的狀態……不過，大概沒問題吧，他覺得自己應該能安心離開人世。

——嗯？

勉強連接的資訊鏈中，顯示著鄰近友軍部隊的情報。確認內容後，雷帶著幾乎燒燬擬似神經網的焦躁感，站在原地不動。

這下糟了……！

†

在一條從近乎於懸崖的陡坡底下繞過的獸徑，「送葬者」忽然停下腳步，在貨櫃裡蓋著從自機取出的毛毯睡覺的萊登也坐了起來。

「怎麼了，辛？」

接著辛淡淡地開口回答。雖然聲音如往常般平淡，卻蘊含著平靜的覺悟。

『——當初說好了，由正好在駕駛的人出戰吧。』

萊登瞬間想通了。

「你這傢伙！早就察覺到了嗎！」

察覺到前方有著無論如何都避不開的「軍團」……恐怕就是在他提出與安琪交接的那個時間點吧。

激動到渾身寒毛直豎的安琪，從貨櫃上跳了下來。

「你太狡猾了，辛！——哪有人這樣耍賴的！」

安琪正要上前興師問罪，就看見辛把牽引用的鋼索切斷了。猛力回彈的鋼索，讓安琪忍不住縮起身子閃躲，「送葬者」趁機踏著坡面上的小突起，一口氣從斜面衝上去，登上近似懸崖，人類難以攀登的陡坡。就算想追上辛也得繞上好一段路，而他恐怕就是基於這個理由才選擇走這條路。

龜裂的紅色光學感應器對準了萊登他們。這架「破壞神」失去了兩條格鬥輔助臂，裝甲燒得焦黑，驅動系統也出現了大大小小的毛病，可謂滿身瘡痍。

『你們沿著這條路往前走。只要進入森林，就不容易被發現……再往前一小段路後，「軍團」的聲音就消失了。要是那邊還有人在的話，就想辦法向他們尋求保護吧。』

過去，還在八六區戰場時，也曾聽辛說過這件事。

而所謂進入森林就不太會被發現，也是理所當然的。畢竟只要敵機──「送葬者」出現在自家地盤裡，這一帶「軍團」的注意力全都會放在辛身上，其他地方的警戒就會相對鬆懈。

辛可能連這一點都計算進去了。

「別開玩笑了！這不就等於把辛當作誘餌嗎！」

「不是說好大家一起走嗎？都到了最後一刻，你怎麼能一個人先──」

對於賽歐的含淚怒吼與可蕾娜的呼喚充耳不聞，甚至切斷了知覺同步，「送葬者」就這樣消失在綠蔭的彼方。

萊登忍不住一拳打在貨櫃上。

「該死……！」

在遇上「軍團」時由正在駕駛的人應戰。因為最後一戰的人選是誰，大家始終無法達成共識，所以為了公平起見，才決定交由命運來選擇，但是看來他們都想得太美了。對於能夠感應到極遠處「軍團」的辛來說，一旦發現了無法迴避的敵機，自然能夠暗中動手腳，決定誰要送死。

唯有自己上場戰鬥，他們才能躲得掉。

「那個……笨蛋……！」

抓起一旁的突擊步槍，萊登站了起來。

†

在執行例行巡邏的途中，突然遭受所屬不明機偷襲的「軍團」巡邏中隊，立刻更新了敵我識別資訊，透過戰術資訊鏈提出遇敵警報，同時開始應戰。

完全無視於機甲兵器的基本戰術（理論），利用偷襲式的砲擊擊沉一架戰車型後，就衝入隊列中的那架敵性機體，在它們的常備資料中找不到紀錄，不過在比對廣域網路中的資料庫後，尋獲了相符的機種。是聖瑪格諾利亞共和國的主力兵器，識別名「破壞神」。威脅度低，以機甲兵器的標準來說，裝甲與火力均嫌不足，是戰力等同於裝甲步兵的兵種。

何況是在地形起伏與障礙物極少的平原上戰鬥，這架陸戰兵器根本沒有能力抗衡具備壓倒性火力與銅牆鐵壁般裝甲的戰車型。

理論上是這樣，但這架「破壞神」卻展現了超乎預期的戰鬥能力。敵機將情況演變為混戰，利用戰車型的厚實裝甲擋下其他「軍團」的砲擊，再藉由零距離砲擊彌補火力不足的問題。

這是一架近戰型的「破壞神」——但是和普通款式的同型機，在性能上沒有差異，推斷唯一的差異應是來自中樞處理系統的性能。

擔任護衛的四架戰車型遭到擊破。中隊戰力損耗百分之四十五。

即使如此，這群機械魔物依舊不見一絲焦躁。變更威脅度。判定為與聯邦軍主力機甲，識別名「破壞之杖」同等級。現行戰力無法確實鎮壓敵機，於是向本隊及周邊部隊提出援護請求。

特別記載事項——建議捕獲。

在零點幾秒內向廣域網路提出報告與申請後，「軍團」再度展開動作。

†

……敵軍的動向很奇怪。

在擊破第四架戰車型後，「軍團」的陣型突然產生變化，於是辛將目光和注意力掃過周圍。

進行包圍時，為了避免誤擊友軍，無論是複數或單一部隊布陣，避開彼此的火線都是鐵則。

就算是必要時會毫不猶豫向僚機開火的「軍團」也不例外——但是與自己對峙的這些「軍團」，儘管闖入了友軍的火線中，也要擋住自己的去路。

是想拖延時間嗎？彷彿要證實他的判斷一樣，辛透過異能發現附近「軍團」集團開始進行移動。距離最近的集團——多半是這支巡邏部隊的主力——距離此地約八〇〇〇。以戰車型的巡航速度，不到一分鐘內就會進入對方的射程了。

要是讓它們匯合就糟了。辛躲開近距獵兵型衝上來的斬擊，順勢開砲回擊，接著強行從轉瞬即逝的缺口衝了出去。耳邊傳來重機槍彈擦過裝甲的尖銳金屬聲，眼前的機體監控畫面閃著警告燈，表示左後方的腿部關節已超出負荷極限。

「軍團」的目標……

一想到這裡，他就泛起微微的苦意，瞇起雙眼。

目標是這顆「頭顱」啊。

「黑羊」以及「牧羊人」。那群竊取陣亡者腦部構造，遭亡靈附身的「軍團」——

可是就連在處理終端當中資歷恐怕是最久的辛，也沒想到這次的攻擊會跟「那個」扯上關係。

這也無可厚非。畢竟辛只遇過對方一次，只要對方潛伏在群體中，辛也分辨不出來。

最重要的是，就像辛以前曾經說過的，「那個」原本的職責是大範圍壓制以及破壞固定目標，不會為了區區一架機動兵器就動用王牌。

這時，辛感覺到有雙眼睛在看著他。

距離很遠，來自超過長距離砲兵型射程的遠方。那強烈的惡意甚至讓辛產生幻視——彷彿看見了一雙冰冷的黑色眼眸。

『去死。』

大概是內容很相似的緣故吧，這道聲音和應該已被自己了結的哥哥，相似到不可思議。

腦中閃過自己被殺死的那一夜。深不見底的恐懼，讓握住操縱桿的手凍結了。

去死。

斷片式的印象流入腦中。這些不是自己的記憶。就像利用知覺同步，或是過去自己的異能和其他人連接時，不經意瞥見的那些奧祕一樣。

陰天。廢墟。破碎的石磚。在化為灰色的這些背景中，顯得格外醒目的——一張染血的深紅色兒童斗篷，像絞首的罪人一樣高高掛起。

去死。

無論男女老幼，無論是貴族或貧民。凡是加害……的人全都得死。

統統去死吧……！

辛認得這個聲音。

就在共和國八十六區，先鋒戰隊鎮守的第一戰區的戰場上。

那場戰鬥死了四個人。來自雷達偵測範圍之外的遠方，一擊便將「破壞神」灰飛煙滅的——

「……！」

辛之所以能立刻讓「送葬者」向後跳開，不知該歸功於長年培育的戰士本能，或是那次遭遇的經驗。

雷達發出警告的同時，砲彈也落地了。

帶著初速高達每秒四〇〇〇公尺的超高速，以及推估達數噸的巨大質量所產生的恐怖動能，不惜波及巡邏部隊，在這片戰場下起了砲彈豪雨。

猛烈到瞬間讓人以為寂靜無聲的巨大聲響，以及將視野染成一片空白的熾烈閃光。如狂風般的猛烈衝擊波，和四處迸散的高速砲彈破片，將「軍團」頑強的裝甲擠壓變形、撕裂，甚至連根拔起。在地面下疾馳的衝擊波，掀起同心圓狀的海量塵土，在大地上硬生生刻出一個宛如遭受隕石撞擊的大坑洞。

平坦的秋日荒野——轉眼間化為巨大的窪地。

在震耳欲聾的爆炸聲與猛烈的暴風之中，「送葬者」勉強逃出了砲擊的有效範圍。話雖如此，也不是毫髮無傷。駕駛艙被飛來的碎片擊中，主螢幕報銷了。陀螺儀和冷卻系統也從儀表上消失，全像螢幕徹底罷工。

唯一的好消息是驅動系統和火器平安無事。現場還有敵人。辛下意識地伸出一隻手進行損害控管，同時撇開派不上用場的主螢幕，試圖搜尋敵蹤——

就在此時，挺著超越極限的負荷，勉強撐著機身站立的左後腿，從關節處折斷了。

「！」

靠著剩下的腿勉強撐著不讓機身倒下，但做到這樣也是極限了。由於在砲架上裝設重量與機身不成比例的重砲，導致重心偏後的「破壞神」，只要失去一隻後腿就無法行走。

感覺已經是很久以前的事，那個老整備員令人懷念的怒吼聲，在耳邊重新響起。

——我講過幾百遍，這玩意兒的腿部很脆弱，你不要亂來啊！

——你要是再這樣繼續亂來，總有一天會死在戰場上！

到此為止了啊……

劃破了沖天而起的塵土布幔，失去半數腿部卻勇往直前的戰車型跳了出來。

眼睜睜看著對方舉起最前面的一條腿——辛只能露出一抹不合時宜的苦笑。

機體碎片四散在空中，「送葬者」整個轟飛出去。

好不容易找到路徑攀上斜坡，循著砲擊聲走出森林的萊登他們，見到的就是這一幕。

就連萊登也是第一次看見，他們的死神敗北的瞬間。

生存本能發出哀號——只是血肉之軀的自己，怎麼可能與戰車型抗衡。

理性拚命說服自己——要是這時候衝出去，辛就真的白白犧牲了。

但誰管這些啊！

腳步僅僅停滯了一瞬間，聽著耳邊同伴如離弦之箭般的腳步聲，萊登已衝出了森林。

突擊步槍的槍聲傳入耳中。

聽見那熟悉的銳利聲響，辛勉強抬起沉重的眼皮。才發現自己待在光學螢幕和儀表全部報銷而且變得十分昏暗，橫躺在地的「破壞神」駕駛艙中。

呼吸十分困難，肺裡就像燒起來一樣，呼氣中帶有微微的血腥味。明明沒有大量失血的感覺，身體卻異常寒冷。看來是受了內傷啊，辛彷彿事不關己地想道。

既然還活著，就該起身行動，至少該拔出隨身攜帶的手槍，自我了結才是，可是卻連一根手指也動不了。

隔著輕薄的裝甲，可以聽見這時理應遠走高飛的同伴，發出的怒吼與槍聲。

真蠢啊。但轉念一想，自己不也是抱著同樣的想法，才會落到這般下場，所以根本沒資格取笑他們。

這場無意義又愚蠢的戰鬥——結局也是那麼無意義而愚蠢，但這至少是自己所期望的死法。

呵……臉上又再次浮現不合時宜的苦笑。

將兄長徹底了結，又走過了比預料更長的路程，自己應該沒有任何遺憾才對……可是到了這一刻，才發現自己好像還是不想死呢。

死了之後，自己也會成為「軍團」吧。

化身為「軍團」的自己——又會呼喚誰的名字呢？

那張就算想回憶，也從沒見過長相的人，似乎在自己心底留下了些許痕跡。

怒吼與槍聲十分唐突地消失了。

傾聽亡靈之聲的異能到了此刻仍然發揮作用，讓辛確切感受到扯開座艙罩來到眼前的，這架「軍團」的氣息。

——鎢質彈頭硬是貫穿了厚實的裝甲，發出金屬的哀號聲。

這就是辛在落入意識深淵前，最後的記憶。

†

確認五具敵性個體無反抗能力後，唯一倖存的戰車型，透過戰域網路報告狀況解除。

順道也提出了方才提供火力支援的「試作型」再度進行調整的請求。由於該機無視於本機提出的捕獲建議，同時為了摧毀區區一架敵性機甲，導致我方損失一個部隊，不得不懷疑該機中樞處理系統的判斷能力可能有瑕疵。

發出申請後，戰車型將光學感應器對準已經報銷的「破壞神」。

包含其餘四具在內，破壞程度並未影響其生命活動。由於敵性個體的中樞處理系統十分脆弱，在取出進行掃描後組織便會崩壞，而且在生命活動停止後開始劣化，因此必須盡可能活捉。

這個乘坐「破壞神」的敵性個體。

克服了性能諸元上的不利，是性能極高的處理系統。要是能應用在友軍個體，想必能進一步擴大戰果。

包含戰車型在內的戰鬥型「軍團」，不具備物資搬運功能。為了將目標搬運到附近的自動工廠型，透過戰略網路提出了派遣回收輸送型的請求。

這時，一架急速接近的友軍機體，剛送回敵我識別訊號。

那是一架所屬戰鬥部隊不明的重戰車型。是偵測到砲聲趕來的嗎——

巨響。

砲塔正面能夠彈開同為戰車型主砲零距離射擊，相當於六五〇毫米鋼板防禦力的複合裝甲，在一五五毫米高速穿甲彈的直擊下，像紙片一樣地被貫穿。

來自重戰車的砲擊。雖然它是不懂恐懼也不會驚愕的自動機械，還是花了點時間才掌握現況。

因為對它們來說，這應該是不可能發生的事態。

友軍誤射——不，雙方都回應了敵我識別訊號。明明識別為友軍，卻對本機發動砲擊。換句話說，是敵人。

幸好對方採用的是舊式鎢質彈頭的高速穿甲彈。如果是成形裝藥彈，或是貧鈾彈頭的穿甲彈，光是一發砲擊就能燒燬機體內部。更新敵我識別情報，將對方登錄為敵性機體。透過戰術資訊鏈提出遇敵報告，制定應對——

第二發砲擊。

和第一發幾乎是連續發射的砲擊，將方才勉強倖存的中樞處理系統徹底粉碎，造成毀滅性的傷害。

為了不造成誘爆——不讓緊鄰身旁的「破壞神」因為四散的爆炸餘波而出意外，重戰車型才會使用高速穿甲彈，而非成形裝藥彈這件事，已經倒下的戰車型永遠也無法理解。

破碎的光學感應器倒映著伸出銀色奈米機械「手臂」的重戰車型，那異形般的身影——而這架戰車型已經完全停止運作了。

†

作了一場夢。

夢中的辛是個小孩子，回過神來才發現自己正被某人抱著走。除了這個人以外，就只能看見空無一物的幽暗。就像平時在機械亡靈哀嘆聲的背後所感受到的，位於意識底層，那片黑暗的深處。

目光往上一看，原來是哥哥。

比自己記憶中大了幾歲，年紀超過二十……恐怕是哥哥過世時的年紀吧。

「哥哥……？」

雷笑了起來。那是辛十分懷念的溫暖笑容。

「你醒啦？」

雷停下腳步，「嘿咻」一聲彎腰把辛放下。年幼的身體因為頭比較大，平衡不太好。稍微適應了一下，才勉強站了起來。辛再次抬頭望向對方。

為了和辛靠近一點說話，雷依舊蹲在地上。即使如此，雷還是稍微高了一點。

「我就陪到這裡為止。接下來的路，你要自己走喔。畢竟還有陪你一起前進的同伴在啊。」

雷說著說著，就站了起來。

雖然辛只是微微抬頭，也只隔著一點點距離——但是兄長站起來後，感覺兩人的高度差還是沒變。

「你都長這麼大了呢。」

辛猛然回神，低頭看著自己的身體，才發現已經變回十六歲的自己了。

哥哥……辛想要喊出口，卻喊不出聲音。

因為亡靈——死者和活人之間，本來就連一句話都不應該交流的。

望著說不出話，只能靜靜抬頭望著自己的辛，雷突然露出強忍傷悲的表情。

雷伸手觸摸辛脖子上的傷痕。和那晚一樣，和那座戰場上一樣的，哥哥寬大的手掌。

「抱歉，你一定很痛吧……我沒有徹底死去，不停呼喚著你，才讓你也來到這種地方。」

不是的，辛想要這樣回答。至少搖搖頭也好。可是身體卻完全不聽使喚。

要說自己不痛，那是騙人的。對於哥哥向自己表現的憎惡，辛覺得好痛苦。那不斷叫喚「都是你的錯」的聲音，還有每天晚上都會夢見被殺死的那一夜。就算摀住耳朵，還是時時在耳邊繚繞的慘叫聲──日復一日想著哥哥直到最後也沒有原諒自己，實在太難熬了。

即使如此，就是因為有哥哥在，自己才能走到這裡。

與「軍團」之間永不停歇的戰鬥也是，在注定要白白死去的戰場上的每一天也是，部隊的同伴全數陣亡的那晚所品嘗到的孤獨也是，都是因為有著徹底了結兄長這個目標，他才忍得下去。

若非如此，他早就在很久以前發狂而死了。

就是因為有你在。就是因為你即使死了，也一直在遠方等著我的關係。

明明心裡還有好多好多話想說──卻怎麼樣也發不出聲音。

「你不需要再被我所束縛了。把我忘了也無妨。」

我不要。

「啊……等等，還是偶爾想我一下吧。接下來，你要好好活出自己的人生，自由地活著，幸福地活著，然後在漫長的旅途中，偶爾想起我就好。」

哥哥。

雷笑了起來。

「這次，我不會再等你了……因為我已經等得太累了。接下來，你還有很長的時間啊……要保重。你一定要過得幸福。」

雷放開了手。

轉過身去，走向幽暗深處。

和父親、母親以及一同奮戰的諸多戰友一樣，漸漸滑入其中而消失的所在。

要是到了那裡，就再也回不來了。

這時，凍結身體的詛咒突然解開了。

「哥哥……」

可是伸出去的手，怎麼樣也碰觸不到對方。就連聲音也傳不過去。

隔絕生者與死者的某種存在，就擋在眼前，讓他想要追上哥哥，卻一步也跨不出去。

「哥哥！」

雷回過頭來，臉上依舊帶著微笑，接著融入幽暗深處便消失了。

就像那次死戰的結局一樣——哥哥溫柔的大手，在辛始終無法觸及對方的指尖前，如泡影般消逝。

辛知道為時已晚，但還是拚命地伸長了手臂。

「哥哥。」

聽見自己的聲音，醒了過來。

看了看降低照明的無機質天花板，辛眨了眨失焦的血紅色眼眸。

陌生的純白天花板。在圍住四邊，同樣潔白冰冷的牆壁上，有著發出規律電子聲響的監控儀器，以及刺鼻的消毒水味。

在這個小巧的房間裡，躺在潔淨的床上，監控儀器的線路和點滴的管子接在自己身上。對於從孩提時代就被隔離在強制收容所，幾乎沒有接受正規醫療經驗的辛來說，腦中沒有辦法聯想到「病房」這個字眼。

鼻子裡面突然感覺怪怪的，便用左手遮住了眼睛。

內心湧出的濃濃安定感，以及不知為何同樣強烈的失落感，這些感情的碎片從體內湧出，模糊了視線。

終於想起來了。

自己是真的——不想失去。

由於左手接著點滴管和其他看不出名堂的感應器，一動之下就讓警報作響。與其說是警告，不如說是在告知監控對象已經清醒的訊息，所以聽起來不怎麼緊迫。

床尾那一側牆上的白色逐漸分解消失，變成透明的牆壁後面，有一位穿著西裝的壯年男性，正在打量著自己。

戴著銀色圓框的高度近視眼鏡，一頭夾雜白髮的黑髮，宛如一位隱士智者的黑珀種男子。背後是一名護理師，以及與室內相同的無機質通道。看來現在變成透明的這道「牆」，似乎就是出入這個房間的門。辛猜測通道的另一頭也有一扇門，而通道兩側大概並排著好幾個相同的白色小房間。

『……你醒了嗎？』

和煦的聲音，讓辛想起已經忘卻的某人。

一頭霧水的辛試圖提問，卻發不出聲音。這時他突然感到一陣疼痛，忍不住悶哼了幾聲，讓在後方待命的護理師皺起眉頭。

『閣下，患者剛恢復意識，同時因為手術的影響正在發燒。請您不要太……』

『我知道喔。只是想和他說兩句話。』

男子以和煦的笑容讓護理師稍安勿躁，伸出右手觸摸門扉。

那是軍人的手，辛在腦中恍惚地想著。那是慣於持槍的人所特有的，粗糙厚實的手掌。套在無名指上，外型樸素且黯淡的銀色戒指，莫名令人印象深刻。

『你好。首先呢……能不能請教你的名字？』

這種問題本來應該是不需要思考的，但辛卻花了很多時間從記憶中尋找答案。他的思考能力尚未恢復。他不知道這是因為麻醉的關係，也不明白自己目前的處境。

以前——自己也曾經向某人說過名字，那時的記憶碎片從腦中掠過，便迷迷糊糊地照著說了出來。

在眨眼的瞬間，好像還看見了一個應該沒打過照面的白銀長髮幻影。

「辛耶……諾贊。」

男子點頭道：

「我叫恩斯特．齊瑪曼。是共和制齊亞德聯邦的臨時大總統喔。」

†

那一天，聯邦國家電視台的新聞節目中，報導了聯邦軍在西部戰線的巡邏區上，收容了疑為外國軍人的五名少年兵的消息。

據說當時被前線部隊所擊毀的「獵頭者」重戰車型，正抓著他們。

從身上的野戰服，以及同時回收的型號不明機甲的ＯＳ研判，他們可能是西邊的鄰國，聖瑪格諾利亞共和國的士兵。

聯邦國民無不歡欣鼓舞。原來除了自己之外，還有其他國家也存活下來了。原來自己並不孤單。

而大眾同時也明白了鄰國的窘境。共和國不得不將如此年幼的少年兵投入戰場，可見他們的處境是多麼困難。

但沒過多久，少年們接受調查的內容被報導出來之後，他們被送上戰場的可怕理由也大白於天下，讓大眾對共和國的擔憂轉變為憤怒。

另一方面，大多數人對於那些少年依舊抱持著同情的意見。

那些孩子受到祖國所迫害，仍舊勇於奮戰，一路逃亡到了這裡。

至少該讓他們在聯邦當中，能夠平安而幸福地活下去吧。

†

『——以上就是你們受到我軍收容的來龍去脈。關於在此之前的事情，你還有印象嗎？』

辛聽到這個問題，開始思考該怎麼回答，同時也覺得思考能力似乎漸漸恢復。

突然間，辛想起了失去意識之前的狀況，忍不住將目光掃向四周——沒有別人了。

該不會——

啊。輕呼一聲，恩斯特露出笑容。

「抱歉抱歉。因為你在睡覺，所以就把透明度調到零了……也對喔，你一定很擔心吧……等我一下喔。」

只見對方回頭和護理師說了幾句話。左右牆面的色素便分解消散了。

透明化的牆壁後頭，是一排和這個房間一樣的無機質小房間，而左手邊緊鄰的四個房間裡，各容納了一個自己的夥伴。

位在隔壁的萊登先是鬆了口氣，隨即皺起眉頭說：

『你這傢伙整整睡了三天啊。』

聲音果然是從天花板上的擴音器傳來的。

第一時間還以為是知覺同步，接著辛才發現不對。並沒有啟動，而位於脖子後方，植入了擬似神經體的位置傳來微微疼痛。而且連處理終端本人都無法卸下的耳夾也被拿掉了。

「……怎麼回事？」

這個問題沒頭沒尾的，但萊登似乎聽懂了，聳聳肩開口說：

『天曉得。我們也是一醒來就發現自己被關在這個房間裡。聽他們說，我們是被重戰車型抓起來了……不過我們都沒看到就是了。』

辛忽然想起剛才作的那場夢。

應該已經被自己了結的，囚禁在重戰車型之中的哥哥。

說不出是為什麼，但自己有種哥哥已經徹底消失於世上的感覺。

辛覺得不需要說出口，輕輕搖了搖頭後，突然感到一陣猛烈的暈眩。看見辛下意識閉起雙眼的模樣，賽歐擔心地皺起眉頭。

『不舒服的話就別勉強自己了。辛，你直到昨天都還待在加護病房啊。他們說你必須靜養一陣子才行……一直到昨天啊，可蕾娜都哭個沒完，真的很傷腦筋呢。』

『我才沒哭！』

眼睛哭得又紅又腫的可蕾娜所發出的抗議，直接被所有人無視了。

待在最旁邊房間的安琪，露出如白花綻放般的溫婉微笑，靜靜地盯著辛。

那是她真的生氣時的表情啊。一想到這個，辛就忍不住撇開視線。

『辛，我知道現在你要好好靜養，所以你要做好心理準備，等康復之後要挨我一巴掌喔。』

『抱歉，我們大家也是喔。應該說，要是你下次再這樣，我一定會狠狠揍你一頓。』

聽見賽歐接著這樣講，辛不由得輕輕皺眉。

「……我也沒打算去送死。」

『我要生氣了喔。就算你沒有送死的打算，但你一定知道自己會死吧。』

如果辛當誘餌引走「軍團」的時間再久一點，要不就是機體損耗過度，要不就是彈藥見底。

『其實我們大家也想過要這樣做，正因為如此，才不能原諒辛的做法。因為能夠感應，因為能夠辦到，那種想法太自私了……以後不准你再做這種事了。』

『害我們擔心了好久。』

可蕾娜說著說著又泛起淚光。辛閉上眼睛，靠在枕頭上。

「——對不起。」

默默旁觀的恩斯特，帶著微笑接過話頭。

『之所以限制你們的自由，只是為了預防生化感染而已，我們沒有惡意，請你們放心。畢竟，你們可是我國建國以來的第一批外國訪客啊——歡迎來到齊亞德聯邦！』

恩斯特誇張地展開雙臂，卻只得到了沉默與冷眼。

但他似乎不怎麼在意，聳聳肩說：

『總之就是這樣嘍。我們雙方都不清楚事情的全貌，所以要是你們想起了什麼，可不可以告訴我們呢？』

看到賽歐眉毛一挑就想開口的樣子，恩斯特舉起一隻手制止，露出苦笑。

『不急，之後再慢慢回想就好。你們現在說太多話也會累……而且有個可怕的大姊姊也差不多要教訓我了呢。』

在背後待命的護理師，散發著懾人的氣息，望著大總統的背影。

正如同大總統閣下所擔心的一樣，長時間清醒對於身負重傷的辛來說是不小的負擔，所以在對方走後，辛就漸漸沉入夢鄉了。

看著辛沒說幾句話又睡著，可蕾娜似乎又要哭出來了，安琪忙著安撫，而賽歐則是又開始逗起她來。三天前在這個房間醒來時，可蕾娜因為沒見到辛而嚎啕大哭，直到現在也還是動不動就流淚。

這也無可厚非。盤坐在像是監獄般小房間的床上，萊登這樣心想。

把限制自由這件事撇開不談的話，其實待遇滿好的。一天有三餐，而且吃得還不錯，房間裡有床，還整潔到很沒必要。分別進行的訊問過程也十分平和。在治療的方面，就拿傷重到必須接受緊急手術的辛來說，要是還在共和國的話，早就已經被放棄了。

但這不足以得到他們的信任。

過去，明明是祖國的共和國，將他們當成了人形家畜看待。因此，就算現在受到了人道待遇，就算這裡是期盼已久的旅途終點，他們也沒有天真到認為對方會無條件收留並向他們提供援助。

要不就是會被豢養在這裡一輩子，要不就是說出一切他們所知的情報後——被處理掉。

總之，暫時不能輕舉妄動。因為辛還需要那些人提供的治療。

真不想在這種地方結束人生啊——萊登望著沒有窗戶也看不見天空的天花板，用鼻子輕呼一口氣。

聯邦的輿論幾乎一面倒地同情那些少年，但肩負國家安寧重任的人物，不會光憑同情與慈悲做出決定。

從住院大樓的隔離區進入相連的一般醫療區後，恩斯特步入劃為臨時會議室的診療間。

「分析的結果如何？」

由於應對生物災害的隔離區也能直接轉為收押俘虜的監獄之用，在每間個人房中都埋有監視攝影機以及其他各種監視裝置。

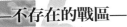

將監視資料的整合分析結果顯示在全像螢幕後，情報部的分析官開口回答：

「可以排除監視對象是聖瑪格諾利亞共和國或其他國家間諜的嫌疑了。」

雖然他們言行舉止多有警惕，但那並不是訓練下的產物。比方說，在乍看沒什麼重要的閒聊中，其實可以從發言的頻率、受注目的程度，和名字被提起的次數等等，推斷這些人在團體中的地位與關係。但是他們表現得像是完全不知道這些內容也會被拿去分析的樣子。

假設他們真的接受過足以欺騙電子監控分析的訓練，也沒有理由把價值如此珍貴的間諜送進九死一生的「軍團」支配區域。畢竟，如今在阻電擾亂型的電磁干擾之下，聯邦與共和國甚至無法確認對方是否還存在。

「雖然他們有點警戒過度，但是如果他們的境遇與證詞無異，那麼反倒是很自然的反應。那位叫……萊登？那個身為副領袖的孩子反應的確非常敏感——但身為團隊領袖的孩子變成那樣的狀態下，也無可厚非。事實上，我方的處置看起來也像是要把他們當作人質一樣。」

雖然他們本來就「不太想」這麼做，而且從那些孩子的態度來看，似乎也不打算隱瞞什麼，所以也沒必要動用威脅的手段。

但這不是因為那些孩子信任他們，而是擔心拒絕回答後，可能會遭到暴力拷問吧。他們眼中的共和國，似乎不是值得他們用生命去守護的祖國。

「還有一點——他們有可能是新型的『軍團』，或是生化武器的感染者嗎？」

「雖然最終的結論要等所有檢查報告出爐，但就目前的檢查結果，和運送後的掃描結果來看並無異常。此外，『軍團』應該沒有能力製造神似人類外型的兵器，或是生化武器吧？」

「『軍團』無法製造和運用生化武器——包含狹義的細菌病毒武器，以及任何將有機體運用在軍事上的做法——也無法製造具備既有生物外型的武器。這是設定在程式中牢不可破的禁令。

由於『軍團』本來就是帝國作為鎮壓武器而製造的產物，所以一旦使用就會波及敵我雙方的生化武器，以及難以辨別是機械還是被占領地區居民的人形兵器，都會造成善後的困難。這也就是為什麼自走地雷外觀像是做壞了的人型。

雖然只是題外話，由於生化武器的定義設定太過嚴格，就算是登錄為友軍的人類拿起一把小刀，都會被判定為觸犯禁令，所以舊帝國軍根本沒辦法讓人類和『軍團』共同作戰，這件事後來也淪為笑談。

話雖如此，因為『軍團』的控制系統，尤其是戰略、戰術演算法的加密程度簡直偏執到了極點，再加上機體構造設計成中彈後便會透過誘爆燒燬內部，所以完全無法解析。如今又發現了某些個體能夠透過汲取陣亡者腦部構造，克服鎖死的壽命上限，所以姑且還是得小心提防。

「就連唯一無法掃描解析的有機裝置，也如同他們所述，是一種通訊機器。在焰紅種之中，有一脈偶爾會出現能與血親進行精神感應的後裔。那個就是以人工重現該現象的裝備。」

「真是劃時代的產物啊。」

「是啊。包含證詞與任務記錄器中的支配區域情報在內，如果他們是間諜，這份伴手禮未免太過豐厚了。」

在阻電擾亂型全年無休的電磁干擾下，聯邦各戰線無法透過無線電互相聯繫。

「回收的機體——是叫作『破壞神』吧？機體的性能暫且不提，裡頭的戰鬥紀錄實在太精采了。駕駛員似乎是那位擔任領袖的少年，等他康復之後，我一定要找他好好聊聊啊。」

「哎呀，不好意思喔。接下來他們所有人都會轉到我們先技研擔任測試駕駛，才不會去你那邊。高機動戰鬥的實戰數據，還有實戰經驗者——和我的試作機可是絕配呢。要他們去駕駛慢吞吞的『破壞之杖』，簡直就是浪費資源。」

「妳說什麼，蜘蛛女！」

「想吵架嗎，金龜子！」

「想找他們聊天的話，嗯……等到安頓下來後，如果當事人同意，那當然可以，可是我不會讓他們去擔任測試駕駛喔。不然我們就和共和國沒兩樣了。」

恩斯特平淡地說道，而兩位劍拔弩張的指揮官也乖乖閉上嘴巴。

「有多少付出，就該得到多少回報。既然他們拚上了性命去戰鬥，就該得到安穩的生活才是。他們的祖國辦不到，那麼我們聯邦更應該做出正確的抉擇。如此，我們才夠資格去談論所謂的理想啊。」

這時，西部方面軍司令官開口：

「……將他們處分掉，對於聯邦而言才是安全的選擇吧。」

「中將。這項提案早就已經否決了，你應該也同意了，不是嗎？」

「是的。但正如同理想是閣下心中不可動搖的準則，維護國民的安全也是軍人的義務。在隔離的期間，我會履行職責，對他們進行徹底的檢查與審查。」

「這是當然。為了保險起見，當時收容他們的士兵不也進入隔離室觀察了嗎？」

他們是無症狀感染者的可能性，並非為零。

而且——

恩斯特突然露出一抹輕鬆的笑容。

「話說啊……因為忙著對付『軍團』，到現在還不知道入境手續到底該怎麼處理呢。」

目前，相關人士正慌忙地按照相關法條製作文件。

†

「所以呢，你們從今天開始就是聯邦公民了。」

『……消失了快一個月，你覺得用「所以呢」這三個字就可以打發我們嗎？』

待在隔離室強化壓克力板另一端的萊登，雖然還是話中帶刺，卻不像當初那般警戒，似乎只是單純心情不好而已。

這也難怪。臉上笑容絲毫不為所動的恩斯特心想。

把精力發洩不完的這個年紀的孩子，關在這種地方整整一個月，而且每天還要不厭其煩地接受各種檢查，過著如此無聊的生活，有些不開心也很正常。而且看到他們露出符合年紀的幼稚表現，反而令人欣慰。

「總之，你們暫時就由我來照顧了。先好好休息，看看這個國家，再花時間慢慢去思考自己的未來吧。」

自己的未來。

事實上，關於他們今後的處境，已經由負責人先行說明過了，而那時也順道徵詢了他們未來的志向。恩斯特也透過報告得知了結果。

他們全都希望從軍。

是負責人沒說明清楚嗎？其中有什麼誤會嗎？還是……因為只會打仗，所以也只會往那方面去思考嗎？

護理師、醫師和心理諮詢師也都提出了類似的報告。

他們一致認為，那些孩子無法忍受繼續待在房間之中。

因為遭到拘禁而感到不安，無法隨意行動而感到無聊，很在意聯邦與「軍團」之間的戰況，也能感受到那些孩子因為遠離了自己理應身處的場所而感到焦躁不已。

能夠深刻地體會到，即使逃離了共和國的統治，離開了戰場……加諸於他們身上的迫害依舊沒有結束。

『哦——』賽歐不屑地嗤笑一聲。

『這樣好嗎？自稱被敵國流放，穿越敵人支配區域來到這裡，實際上根本來路不明的孩子，不是應該直接處分掉比較不會有問題嗎？』

「你想被殺嗎？」

恩斯特帶著微笑這麼說，賽歐便閉上了嘴。

他當然不想被殺。然而，他們只能用他們所知的常識，去推測這個新世界的運作模式。他們別無選擇，那並不是他們的錯。

辛平靜地開口。

看來這孩子一個月下來身體差不多康復了，恩斯特也暗自鬆了口氣。

『幫助我們，對你們有什麼好處？』

「如果沒有好處就不願救助眼前的孩子，變成了社會上的通則，那麼到最後對所有人都沒有好處。互相扶持是維繫共同體基本中的基本精神……而且——」

哼……恩斯特冷笑一聲。

那是十分冷酷的笑容。就連見識過人間地獄的少年們，也不由得閉上了嘴。

「來路不明。以防萬一。要是為了這種理由殺死孩子才能存活下去的話，人類還是早點滅亡才好。」

打開了隔離室的房門，告訴他們換上衣服出來——因為位於前線附近，找不到便服，所以準備的是軍服——即使如此，恩斯特發現少年們還是對自己的話懷有疑慮。

搞不好會被帶去哪裡殺掉，還是被送去實驗室或牢房呢？總之，與其乖乖就範，自己寧可選擇逃跑，任由他們從背後射殺。

恩斯特假裝沒發現他們在打什麼主意，卻暗中讓周圍警衛加強警戒。雖然要是他們真的逃跑也不會開槍，但要是在護送過程中讓他們受了傷，也很麻煩。

在他們被送上運輸機，掠過城市上空時，辛等人才開始覺得不太對勁。

運輸機降落在首都近郊的基地，接下來的路程就要搭車了。坐上了事先安排的車輛後，他們臉上的疑惑也越來越濃。

離開基地大門後，車子緩緩駛在齊亞德聯邦首都聖耶德爾的主要幹道上。

「……啊。」

不經意發出驚呼的可蕾娜，湊向了車窗。安琪和賽歐也跟著這麼做了。辛和萊登雖然沒有太明顯的反應，卻也和其他三人一樣，盯著窗外一動也不動。

看著外頭來來往往，和他們擁有相同或不同色彩的人們。

牽著雙親的手不停嬉鬧的年幼女孩。坐在咖啡館露天座位的老夫婦。一群剛放學在路上打打鬧鬧的學生。站在花店門口向店員問個不停的一對戀人。

從他們微微扭曲的雙眸中滲出幾分懷舊，幾分悼念，還有幾分疏離。

那是——他們睽違九年才重新看見的，平凡而安寧的日常街景。

「——總算來了，慘遭故國放逐的可憐人啊。」

車子停在嫻靜的住宅區一角，一棟小巧玲瓏的宅邸前。這是平時住在官邸的恩斯特所擁有的個人住所。

這些暫且不提。才踏進玄關就聽見這麼一句話，讓恩斯特忍不住伸手扶額，少年們則是愣在原地。

因為這充滿嘲諷而高高在上的話語——來自於一位年幼少女的清脆嗓音。

只見一位年約十歲的黑髮紅瞳少女，威風八面地站在特意搬來的台座上，像個大人物一樣雙手抱胸，抬起下巴如此說道。

「我大齊亞德秉持慈悲與憐憫，盛情款待汝等可憐人。卑賤之人無須介懷何以為報，只消滿懷感激接受恩典即可！」

她冷不防地指著辛。該說能在如此短暫的時間，看清團隊上下關係，的確眼力不凡嗎——

「那個紅眼的，為何轉頭望後方！」

「……我在想後面是不是還有人。」

辛的聲音十分冰冷。雖然這也是理所當然。

「剛才汝不是關門了嗎！是在戲弄余嗎！」

雖然辛沒有回應，但多半就是這個意思吧。

「唔……所以才說共和國出生的賤種都……就算擁有幾分帝國貴種的血脈也——」

話才說到一半。

少女的紅色雙眸突然「看見了」什麼。

「……汝的頸子受了什麼傷……？」

「……」

一瞬間，辛不由得屏住呼吸。

俯視少女的血紅雙眸益發冰冷，那冷冽的目光加上她自己可能有幾分愧疚，讓少女露出膽怯的神色。

恩斯特嘆了口氣後開口介入。

雖然他也看過辛如今隱藏在軍服領子底下的頸部傷痕，但是他並沒有詢問來由。

「芙蕾德利嘉，別說了。我不是跟妳說過他們的遭遇嗎……每個人都有不願被觸及的傷痛，就連妳也不例外，不是嗎？」

「……抱歉。」

令人意外地，少女坦率地低頭致歉。

看見對方乖乖聽話的模樣，萊登轉頭對恩斯特說：

「你女兒嗎？……抱歉我說話可能有點直接，但是不是該多管教一下比較好？」

「喔喔，其實她不是我的女兒。」

「誰是這個芝麻小官的女兒啊！」

說完之後，少女用力挺起平坦的胸膛。

因為用力過猛而差點跌倒的模樣，倒也有幾分可愛。

「余乃是——」

「她是芙蕾德利嘉・羅森菲爾特。基於某些原因而暫時寄居於此。」

芙蕾德利嘉狠狠瞪向恩斯特，恩斯特卻當作沒看到。

「因為對外的說明很麻煩，所以在戶籍上就乾脆登記成我的女兒了。啊，你們在戶籍上姑且也算是我的養子嘍……所以不要客氣，可以叫我一聲爸爸喔。」

現場暫時陷入沉默。

「……我是開玩笑的啦。你們不要露出那麼反感的表情好不好……」

沒想到就連辛也對他投以冰冷的目光。

「不過嘛，接下來大家就要暫時住在一起了呢。雖然這孩子有些不懂事，但是希望你們能把她當妹妹照顧喔。」

芙蕾德利嘉譏諷地揚起嘴角，哼笑一聲。

「說穿了，余就是一隻寵物，用來撫慰汝等這些因戰爭與迫害而遍體鱗傷的可憐人啊。」

辛聞言微微瞇起眼睛。

芙蕾德利嘉則像是看穿一切般露出冷笑。

像是在說「汝等怎麼可能會懂？」一樣的笑容中，隱約還有種同病相憐的情緒。

「不只是余，這幫人為汝等所準備的一切都是如此。安全而舒適的住宅，宛如母親般的女僕，扮演父親角色的監護人，惹人憐愛的妹妹——慈悲為懷的聯邦政府希望能彌補汝等失去家人、家庭與幸福的遺憾……所以諸位兄姊盡管寵溺余吧，同為天涯淪落人，應該相親相愛才是——嗚哇呀啊！」

辛一副「既然妳這麼說，那我就不客氣了」的樣子，隨手就把芙蕾德利嘉的頭髮亂搓一把。芙蕾德利嘉發出哀號，慌慌張張地揮開辛的手，跑去找在後方待命的女僕哭訴。

「嗚——哇！泰蕾莎，余馬上就被欺負了！」

「不哭不哭。剛才從頭到尾都是芙蕾德利嘉大小姐不對喔。」

金髮碧眼，身材苗條的泰蕾莎溫柔地補上了最後一刀後，那宛如冰雪女王般的臉龐便露出柔和的微笑。

「各位一定累了吧？要不要先來點咖啡呢？」

在吃完稍微提前的晚餐後，少年少女們便回到各自分配的房間，似乎很快就睡著了。

這也難怪啊。獨自一人在飯廳餐桌上享用飯後咖啡的恩斯特如此心想。在自己眼中習以為常的平和街景，以及這棟寧靜閒適的宅邸，對於長年被隔離在化外之地的他們而言，環境變化之大，就像是來到了另一個世界，感到疲憊也很正常。

這時芙蕾德利嘉走了進來，不滿地嘟起嘴來。

「……他們全都睡下了。本來還想聽他們說說共和國那邊的事呢，真是掃興。」

她嘴上這麼說，手裡卻抓著一疊撲克牌，看來她是迫不及待想打著聽取見聞的名義，找他們一起玩。

「要不要喝牛奶啊，前任陛下。」

「住嘴。余可不記得自己曾經退位啊，芝麻官。還有，說什麼喝牛奶呢，別把余當小孩！」

「小孩子在睡覺前喝咖啡不太好啊。」

雖然他這麼說，但收拾了餐桌，準備好明早要用食材的泰蕾莎，還是端了咖啡過來。包含了芙蕾德利嘉和泰蕾莎自己的份。

「辛苦妳了，泰蕾莎。」

「您客氣了，老爺。不過，那幾個孩子吃了這麼多，也讓我覺得辛勞沒有白費呢。」

那雙望過來的藍色眼眸，對忙於公務而幾乎不回家的恩斯特表達無聲的抗議。他還記得泰蕾莎曾經很難得地向自己抱怨──您總是不在家，讓芙蕾德利嘉大小姐一個人用餐。

「對不起……我想，接下來還要給妳添麻煩了。」

那群孩子腦中只有迫害與戰場，惡意與死亡。

要讓他們去習慣安寧與善意，或許比習慣充滿惡意的世界困難許多吧。

「您言重了。侍奉老爺本就是我應盡的職責。」

「……妳會不會覺得我是在多管閒事？」

平靜地回望自己的泰蕾娜，她的那張臉——

就像照鏡子一樣，和自己最為心愛的女性簡直如出一轍，可是望著這張臉，自己卻沒有一絲心動。

「真是愚蠢的代償行為啊……我是不是把他們當成了替代品呢？」

「——沒這回事，老爺。」

與說出口的內容相反，泰蕾莎的聲音顯得十分冰冷，而那張宛如冰雪女王的面容，此時就像是真的凍結了。

泰蕾莎曾經說過，在你面前我只會是這副模樣。而這恰好也是恩斯特所期望的結果。

對於恩斯特而言，所謂的原諒，永遠都只是無法成真的奢求。

「每個人都是無法替代的。而每個人在其他人的心目中，永遠都是獨一無二的存在。」

芙蕾德利嘉淡淡地說：

「即使如此，人類總是期望透過贖罪獲得解脫，無論是以何種形式。」

恩斯特喝了口咖啡後問道：

「您這話是對誰說呢，女帝陛下？」

「這是……」

芙蕾德利嘉欲言又止。

她抿起嘴唇，低頭望著咖啡漆黑的水面，就像自己的內心一樣起了漣漪。

在聽了恩斯特的轉述，看見他給的資料時，心中受到極大衝擊。

本來以為只是照片帶來的錯覺，但是親眼看到本人後，卻依舊讓她感到十分驚愕。

明明年紀不同，繼承的血脈也有一半的差異，而且望向自己的雙眸色彩，還有臉上的表情都不一樣。

可是為何——如此相似？

他不是他……他只是個和自己一樣被囚禁在鳥籠裡的可憐人。要是不這樣提醒自己的話，就會不自覺地將他和那人的身影重合在一起。

「……齊利……」

第三章　青空彼方

距離共和國東部戰線第一戰區約兩百公里以北的聯邦首都聖耶德爾，進入了冬季，白雪皚皚，寧靜安祥。

辛佇足於通往廣場的通道口，抬頭望著在雪花飄飄中顯得朦朧的市政廳鐘塔。石磚路上的積雪一大早就被清理乾淨，在設有市場的廣場中央，立著一棵據說是聖誕祭裝飾的大冷杉樹。

本以為再也不會見到的雪。

本以為再次接觸到雪時，應該是在某處不知名的戰場，堆積在自己與同伴的屍骸上，然後等到春天一同消融於世。

如今自己卻在聽不見任何戰鬥聲響，行人熙熙攘攘的和平街道上，抬頭看著雪，實在覺得很不可思議。

忽然想起過去在某個戰區中，被雪白惡魔占據的教堂廢墟前面的廣場，口中呼出的氣息和那時一樣雪白，但穿著這件別人買給自己，做工扎實的毛織外套，感覺卻和那時不同，十分溫暖。

他甩甩頭，邁步在雪中前行。

位於聯邦首都市中心，面向市政廳廣場的舊帝立帝都中央圖書館裡的暖氣夠強，所以辛脫下了外套，拍掉上頭的雪，走入室內。和這一個月內算是混成熟面孔的幾位圖書館員簡短打了招呼後，便隨性找了個書架瀏覽起來。

帝都中央圖書館挑高五層的大廳，設有高度直達天花板的書架，以及呈放射狀延伸出去的副館。仿造夏季星座圖的穹頂上，鑲有精美的螺鈿花紋。在這個對於長年沒有休假也不需要看日曆的辛來說顯得十分陌生的「平日白天時段」，館內人煙稀少，洋溢著靜謐而獨特的氣氛。

「──嗯？」

突然間，他停在平時不會停留的童書書架前。矮小的書架最上層放著展示著封面的繪本，而辛曾經見過這張封面，於是伸手拿起這本紙張已經老化的書本。

書籍本身並沒有印象，吸引他的是封面上的圖畫。

一位高舉長劍的無頭骷髏騎士。

是哥哥的──……

迅速翻閱了一遍，還是沒有勾起任何回憶。雖然感覺好像看過，但也許是故事情節太過老套所產生的錯覺吧。簡單來說，主角是個除惡扶弱的正義英雄。

然而，看著書上平實直白的文章，彷彿聽見了哥哥的聲音。

翻著書頁的那雙大手，不知何時開始漸漸低沉的嗓音，每天晚上都讀著故事哄自己睡覺。

那個已然不存在於世上的，哥哥的聲音。

——對不起啊。

腦中迴盪著哥哥在這世上真正的臨終遺言，還有和生前最後一次見到時一樣，消失在無法企及之處的那道背影。

這時，突然聽見一道輕巧的腳步聲，停在自己身旁。

轉頭一看，原來是個五六歲的小女孩。頭上戴著蓋住耳朵的毛帽，大大的銀色眼睛盯著這邊不放。

辛發現對方看的是自己手上的繪本，便闔起書本用一隻手遞了過去。大概是生性害羞吧，少女躊躇了一下才小心翼翼地接過書本後，就轉身跑掉了。

沒過多久，少女就被一個和辛年紀差不多的少年帶了回來。

看見那頭白銀髮色，與眼鏡後面的那雙白銀色眼眸，辛的臉色僵了一下。

白銀種——是白系種。

雖然辛的心裡很清楚，這裡已經不是八六區的最前線，眼前這個人也不是共和國人。

「抱歉，我妹妹太沒禮貌了。」

「……喔，沒關係，我只是隨便翻翻而已。」

聽辛這麼說，少年稍微繃起了臉。

「有關係。受到別人幫忙或餽贈，就要好好向人道謝。這樣的禮節一定要從小教起才行。」

「來。」他輕推背部讓少女往前。少女在原地糾結了一會兒後，才用聽不見的音量說了些什麼，接著又快步逃走了。

「喂，回來！……真是的。」

才喊到一半，一位女性圖書館員的凌厲視線就讓少年不得不閉上嘴巴。

那位女性有著黑髮及深綠色眼珠。看見她教訓白銀種少年的場面，讓辛感到有些新奇。也再次體認到，自己真的來到了不一樣的地方。

「這孩子……」這麼嘆了口氣之後，少年立刻又朝著辛低下了頭。

「謝謝你。抱歉，還讓你幫著教育我妹妹。」

聽著對方說到做到，一本正經地答謝自己，辛也不禁莞爾。

那近乎於魯直的嚴謹作風，讓辛想起了那位同為銀髮銀瞳，卻從未謀面的最後一任指揮管制官。

「沒事。當哥哥還真是辛苦啊。」

「也不知道她是像誰，真的怕生到了極點呢。」

少年無奈地垂下肩膀，隨即歪著頭說：

「恕我冒昧。但這個時間你怎麼會在這裡呢？沒有去上學嗎？」

聯邦這邊大致上是將六年制的初等教育定為國民義務教育，之後則是沒有強制性的付費教育。

之所以用「大致上」來描述，是因為這個制度實行不過九年，所以除了首都以外的地區，因為師資與學校建築的不足，目前還無法推廣。

何況辛並非土生土長的聯邦公民——過去作為八六，生活在收容所與戰場上的他，直到兩個月前才被聯邦所收留，當然沒有去上學。

雖然恩斯特告訴過他們，等到明年春天他們差不多習慣這裡的環境後，再好好去思考未來的方向。

「你呢？」

「咦？」

「既然你說在應該去上學的時間不該出現在這裡，那你怎麼會在這時候來這裡？」

少年有些難為情地露出苦笑。

「喔喔，對。我沒去上學，應該說，沒辦法去上學。畢竟我原本是貴族身分，到哪裡都容易碰釘子呢。」

在公民革命之後，留在聯邦的舊貴族階級可分為兩種情況。

掌握大規模農業、重工業等等，關係國家命脈產業的大貴族，即使交出貴族身分與徵稅權，也還保有企業家的身分。因為在如今與「軍團」僵持不下的局勢中，與戰力息息相關的這些產業絕對不能出亂子。同樣的，未能繼承家主大位，卻擁有大貴族子弟身分的舊帝國軍官，多半都直接轉任為聯邦軍的軍官了。

另一方面，除此之外的貴族就只能以一介公民的身分生活下去，但是四肢不勤又被原本的老百姓所厭惡的他們，很難找到工作。那些資產原本就不足以維生的下級貴族，現在甚至比勞動階層過得更為窘迫。

「所以啊，我本來還以為是碰見同類了……抱歉，果然還是太失禮了。」

望著苦著一張臉道歉的少年，辛搖搖頭說：

「沒事。因為我不是這裡出身的人。」

雖然這裡指的是聯邦，但聖耶德爾人多半會把這句話解讀為「我不是舊帝都領出身」的意思。這是辛在與許多人交談後，學會的小技巧。因為要說明八六實在太麻煩了，而對於舊帝都領的居民來說，帝都以外的地區全都是「屬地」的樣子，所以就不會繼續追問下去了。

由於帝國為數眾多的舊屬地，各自發展出不同的文化、習慣與價值觀，有時甚至連語言都和舊帝都領完全不同。在聽見辛暗示無需在意的回答之後，少年便鬆了口氣，同時雙眼泛起好奇的眼神。

「哦——擁有夜黑種與焰紅種血統的人，竟然不是帝都人啊……啊，我真是太失禮了，抱歉。」

少年抓抓頭，笑了笑。眼鏡後面的白銀色眼眸也帶著笑意。

「我叫尤金·朗茲。不介意的話，交個朋友吧。」

「——如上所述，他們來到這裡一個月了，看來適應還算順利。」

正如恩斯特一開始所說的「看看這個國家，再花時間慢慢去思考自己的未來」那番話一樣，受到保護的少年們獲得了自由行動的權利，可是突然要他們自己去陌生的聯邦城市之中探索，實在讓人不放心。

所以選了年齡相近的官員先帶著他們遊覽，等到適應之後，就留在遠處觀察。而他們所提出的報告經過祕書官統整後，再向恩斯特匯報。恩斯特逐一批閱堆積如山的電子報告，一面聽取祕書官的匯報，同時開口說話。而他自始至終都低著頭盯著辦公桌上的終端。

「嗯。昨天他待在戰史區的書架，一本一本閱覽，前天是哲學書，大前天則是去了陣亡烈士公墓，不知為何今天卻看起繪本，還是一如往常地令人捉摸不透，不過交到朋友了，也算是好徵兆吧。那今天就煮紅豆飯好了！」

「您肯定是不知道紅豆飯的含意呢，在鑄下大錯前還是收手吧。」

「話說，您今天真的有辦法回家嗎？剛才萊登小弟送來了換洗衣物，還有泰蕾莎要他轉達的怨言，其中究竟有何含意呢？」

聽見東方黑種與黑鐵種的祕書官輕描淡寫地吐槽自己，恩斯特一點也不在意。

「換洗衣物其實不重要，畢竟官邸內就有洗衣機了，所以我才會每天都穿同一套西裝，那些抱怨才是泰蕾莎真正的目的呢。不管怎樣，我今天一定要回家，你們也都回家去吧！因為今天可是聖誕前夜祭啊！」

「喔，那就謝謝您了。」

「反正都要回家，應該去買點禮物呢。共和國那邊，不知道是不是也有在聖誕前夜祭送禮物的習俗呢？」

「雖然聽說是有的……但那些孩子記不記得這種事，還有待商榷呢。」

「只要再學一次就好了……那麼，我該買什麼才好呢……」

恩斯特的眼睛還是沒有離開終端螢幕，但臉上卻浮起開心的微笑。雖然今天這麼忙，應該也抽不出時間準備太好的禮物，但還是不減其興致。

來到聖耶德爾一個月，那些少年似乎也開始找到了享受安穩生活的方法。萊登找到了機車快遞的打工，安琪跑去上廚藝班，賽歐四處尋找素描的風景，可蕾娜享受著櫥窗購物的樂趣，辛則是天天跑去圖書館或博物館。他們都各自認識了一些人，開始交到了朋友。

太好了。恩斯特打從心底這麼想。

再也不會有人要他們去從軍了。而他們終於可以逃離祖國所施加的迫害……擺脫那些被迫烙印在心中的戰士意識了。

他們再也不是什麼「八六」。

「……到了春天，他們可能就要找到自己的出路了，我得先準備準備才行。」

窗外，北方軍都漫長的嚴冬，似乎也在期盼明媚的春天到來。

夜裡的降雪，一到白天就停了。只見白灰色的石磚廣場之上，是一片萬里無雲的淡藍色天空，彷彿從未下過雪一樣。

賽歐自漫步中停下，抬頭望著那片蔚藍。

望著種在廣場中央的大櫻花樹，那一根根掉光了樹葉的黑色分叉，以及後頭澄淨而深遠的冬日天空。

看似無窮無盡的天空，如今卻布滿了黑色裂痕，似乎隨時都會墜落的樣子。

低頭一看，架設在街頭的全像螢幕正在直播議會實況。

站在講台上的恩斯特穿著平時那套量產西裝，戴著平時那副眼睛，進行演說的模樣，讓他覺得有些彆扭。身為革命指導者兼國民英雄，就任來到第十年的臨時大總統。在賽歐眼中卻是個明明不怎麼回家，卻硬是訂下了門限時間，對他們嘮叨個不停，還會為了跟芙蕾德利嘉搶電視看，像個小孩一樣跟對方大吵的奇怪大叔。

對於有時新聞看著看著突然轉台到魔法少女，或是足球比賽看到一半變成了什麼戰隊影集這檔事，辛和萊登只是若無其事地表示——不過是三十分鐘的卡通節目，讓她看也沒差吧。

賽歐有一搭沒一搭地聽著，恩斯特似乎是在講述聯邦目前的戰況。包含各戰線的現況分析，與未來的展望。雖然進行分析的大概不是恩斯特本人，但至少這些應該都是由各戰線拚命蒐集而來的情報。和同一份報告用了五年也沒被拆穿——呃，雖然被最後一任管制官拆穿就是了——的共和國大不相同。

辛每天晚上都在看的……應該說，他還是老樣子一邊看書一邊聽著的電視新聞，所報導的戰況恐怕也都是實情。而在新聞的最後，總是會公布當天的陣亡者名單。即使只是一個小兵，國家電視台都會列入每天晚上公布的名單中，而不認識這些人的民眾也都會替他們哀悼。這似乎已經內化成聯邦人的習慣了。這對賽歐來說是新奇的發現，對於直到十年前為止的周遭諸國也是。

共和國的白豬真的是一群腦袋壞掉的瘋子啊——每當他冒出這個想法的時候，心裡總會湧起一股坐立難安的情緒。胸口當中有股揮出不去的焦躁，不斷告訴自己——不能再這樣下去了，不該繼續待在這裡了。

反覆想了又想。

我們果然還是……

由於今天實在太冷，平時那些會一起畫素描的同好也沒出門的樣子，於是他把素描簿夾在腋下，漫步在別說是瓦礫，就連一片垃圾也沒有的廣場上。

十年前的公民革命時，聖耶德爾這裡似乎也成了戰場。有時會發現地上的石磚只有一區比較新，或是看見燒燬後沉到貫穿整座城市的河流中，現在徒留骨架的橋梁，而擁有悠久歷史的壯麗大教堂鐘樓，還保持在遭受砲擊摧毀的狀態。有一次他見到那座鐘樓崩塌的石牆上爬滿了藤蔓的樣子，覺得在人們安居的城市中突然出現戰爭廢墟的景象很有趣，於是拿起畫筆開始素描，結果那邊的司祭爺爺不知道為什麼，居然拿了糖果給他吃。

這時，一陣陌生的腳步聲匆匆而來，轉頭一看，才發現是安琪。

「找到了。因為你早上說今天會到廣場附近，我就跑來碰碰運氣了。」

「嗯。不過我沒想到這裡竟然是以前共和國大使館前的廣場呢……怎麼了？」

身穿高雅罩衫與淡色外套，底下是飄逸的長裙與編織長靴，讓賽歐看了覺得有些不習慣。包含自己在內的其他人也是一樣，已經習慣了自己穿著野戰服的模樣，總覺得穿著這種便服有些不太對勁。

「想找你幫個忙。主要是搬東西，只有我一個人實在不夠。」

「喔，我知道了……只有我就夠了嗎？還是要再找其他人？」

要搬東西的話，身為女孩子的可蕾娜，跟還是小孩子的芙蕾德利嘉就不在考慮範圍內了。

「萊登……還在打工，大概不行。辛應該有空吧。」

話雖如此，基本上大家每天都沒有什麼一定得做的事，所以都很閒。

賽歐說著說著，把手伸向右耳，打算啟動知覺同步。

「裝置啟——」

指尖並未傳來預料中的耳夾堅硬觸感。

「……」

賽歐恍然大悟，陷入沉默。安琪憋著笑拿出攜帶式終端機在賽歐眼前晃了晃，他才一臉不爽地拿出自己的攜帶式終端機。

「真是的，這東西可真方便啊。不但要記得隨身攜帶，要是對方沒開機就打不通，要是不將電話號碼一個一個輸入進去，還沒辦法登錄在裡面呢。」

賽歐的第一句話，和後面那段話以及臉上的表情完全不搭。安琪忍不住笑了出來。

「同步裝置還不是每次換了管制官，登錄資料就全部改寫了。」

「還不是白豬害的……那個也是有夠麻煩。明明都是照著白豬的方便設定，可是每次新官上任就抱怨個沒完耶。」

把名為同步裝置的項圈套在處理終端脖子上，只為了共和國管理方便，而將可改寫登錄資料的耳夾做成拿不下來的構造，也是共和國幹的好事。由於安裝時連消毒的步驟都沒有，所以聯邦替他們取下後，還是留下了傷痕。賽歐自己雖然無所謂，但是一想到安琪和可蕾娜也留下了傷疤就一肚子火。

雖然負責他們的……正確來說應該是負責辛的管制官，更換過於頻繁的確是事實，但那並不是他們的問題。就像最後一任管制官雖然是個和他們同齡的柔弱大小姐，卻還是撐下來了。所以是那些撐不過去的人該檢討。

「連那種東西也想要，聯邦的人還真是吃飽沒事幹啊。雖然用了很久，但那玩意兒究竟是什麼，我們也搞不清楚。」

「不過，在戰場上應該能派上用場吧？這邊好像也有阻電擾亂型出沒。反而是『破壞神』那種會走路的棺材也被拿去研究，我才覺得奇怪呢。」

受到聯邦收容時，身上所攜帶的物品，如今全都不在手邊了。

聯邦人對於「破壞神」和同步裝置充滿好奇，聽說是送去某個研究所進行調查。而其餘的東西，因為他們既沒有私人物品，也沒有值得紀念的東西，就直接交由那些人處理了。

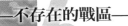

「……話說啊，辛一直只想拿回那把手槍呢。可是卻被打回票，說是在聯邦當中，一般人想要配槍，必須獲得許可才行。」

不過，那把槍據說是交由恩斯特保管了。

「說是為了紀念好像也不對，畢竟那是用來送大家最後一程的手槍呢。辛無論如何也不願意把這份使命交給別人負責。」

就連身為副隊長，和辛交情最久的萊登也不行。

賽歐輕呼出一口氣。

「畢竟聽得見聲音的也只有他……但我還是希望辛能夠活得更輕鬆自在點啊。」

賽歐覺得，大概是因為那位同胞能夠聽見徘徊於世上的亡靈怨嘆聲，所以才會受到死者的束縛太深。或者該說是死亡本身。

比方說，射殺苦於無法徹底死去的同伴的使命。

或是那些約好了要帶著他們走到最後，與他一同奮戰卻拋下了他離開人世，從最初的部隊一直到先鋒戰隊的無數戰友。

還有那些腦部構造被「軍團」所竊取，不斷重複臨終的怨嘆，化身為「黑羊」的同伴。以及束縛他最深的，雖然已經被他親手解決……那個早在多年前死去的哥哥的首級。

安琪垂下藍色的眼眸，陷入沉思。

「或許，正因為受到了束縛，有些事情才得以實現吧？」

「……什麼意思？」

「所謂的受到束縛，換個角度來說，就是有了活下去的牽絆。或許是有了討伐哥哥這個目的，辛才能夠一直在戰場上存活。」

正因為纏著頸部傷痕的無數死者的哀嘆與詛咒，才使他能夠存活下去……諷刺的是，那卻是死去的哥哥賦予他的創傷。

「我們是八六，本來應該死在那個戰場的，所以某種程度上來說也無可奈何。尤其是辛，過去他的心思全都放在哥哥身上。如今這個目的也消失了……讓我……有點擔心。」

「……」

關於這個掛念，賽歐還是聽不太明白。

安琪總是留心觀察旁人，所以賽歐也不敢斷然否定。

「那安琪妳自己呢？」

「咦？」

「本來應該死在那個戰場，卻像這樣活了下來，還要我們去思考未來的出路……所以妳已經想好答案了嗎？」

安琪豔麗的雙唇，彎出一抹苦笑。

啊啊，她開始會化妝了。賽歐的思緒有些飄散。

「事到如今才問這個？」

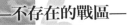

於是賽歐也微微地笑了。

事到如今。

「也是呢。」

「我也想過……假如戴亞還活著會是怎樣，或是要不要再多住一些日子再看看。但答案都是一樣。無論是該做的事情，或是想做的事情，我們都——」

「嗯。」

賽歐接過話頭，點了點頭。

「我也一樣。應該說，大家都一樣吧。因為我們只剩下那個了。」

我們。

兩人之間陷入短暫的沉默，卻感到滿足而安心，因為彼此有著共通的想法。

安琪冷不防地敲了一下手掌。

「這件事先放在一邊。」

「啊，對喔，還要去搬東西。」

差點忘了呢。

從攜帶式終端機找出辛的登錄號碼，選擇語音通話。耳邊響起單調的回鈴音……但是等了好久都沒人接聽，賽歐不禁皺起眉頭。

「——就算開機了也不接！」

這些年來，辛每一次作夢，都會夢見被哥哥殺死那晚的場景。除此之外的夢，他已經記不太得了。

†

但他還是認得出來。

這是一場夢。

「——我知道這是很過分的要求。」

在濃霧瀰漫的白色空間中，凱耶笑著這麼說。那位在共和國第八十六區，東部戰線第一戰區的戰場上陣亡，同為先鋒戰隊一分子的少女。

她有著極東黑種特有的黑髮與黑瞳。身穿共和國廢棄庫存的沙漠迷彩野戰服，頭上綁著馬尾。但小巧的頭顱不在原本的位置，而是保持在遭斬首時的狀態，被她自己的雙手抱在懷裡。

臉上帶著笑容。

「你們已經抵達終點了，也遵守約定把我們帶到那裡。所以，其實把我們忘了也沒關係……可是——」

抱憾而終，淪落相同慘況的同伴，實在太多太多了，所以眼前的她與其說是凱耶本人，倒不如說是無數同伴的集體象徵。

也就是那些屍骸被「軍團」帶走，在還沒斷氣時就被取走腦部構造，夾雜在白羊之中的異端，化為「黑羊」的同伴們。

「雖然明白這個道理，可是我實在好痛苦。像這樣繼續留存在世上，真的好煎熬。畢竟我們已經死了，只希望能回去那個地方。所以——辛，我們的死神啊。」

呼喚著辛從不覺得反感的那個別名，凱耶笑了。

軍靴底下是人類不曾踏足的濃密草叢，以及並排的八條軌道。還有佇足在層層白霧帷幕後面，已經無法動彈的「破壞神」與「清道夫」的灰影。

那是兩個月前辛所抵達的，那片由「軍團」所支配的晚秋戰場。

「能不能請你救救我們呢？」

身為陣亡士兵腦部構造劣化複製品的「黑羊」，不具備人格。

就連具備與人類同等思考能力的「牧羊人」，也無法與人類進行溝通。

因此，眼前的這位少女既不是凱耶，也不是同伴的殘魂……多半是自己的遺憾與留戀吧。

那時候，自己只顧著要找到哥哥，將他好好安葬，所以忽略了這些同伴。

「——好。」

「……辛。」

聽到呼喚睜開了眼睛，趴在帝都中央圖書館閱覽室八人書桌上的辛，緩緩轉醒。

兩隻手肘靠在對面椅背上，探出身子的尤金，眼鏡後面的白銀色雙眸泛著笑意。他的妹妹大概是跑去哪裡看繪本了，不在他的身邊。

「就算陽光真的很溫暖，在這裡睡覺是會被圖書館員罵的喔。雖然這邊的日照恰到好處，暖洋洋就是了。」

這間位於副館的閱覽室，設有採光良好的天窗。穿過老舊厚實磨砂玻璃而變得十分柔和的陽光，將玻璃上的花紋投射在整間閱覽室當中。據說夏天的時候，整片種在外頭的大榆樹還能幫忙遮擋，分散陽光。午後的室內因陽光而暖和起來，仔細一看，狹長的閱覽室中還有幾個和辛同齡的少年少女，坐在其他書桌，專注於閱讀，或是念書念到不小心睡著。

「你昨天熬夜了嗎？」

「倒是沒有。」

已經好多年沒有這樣了。除了有時因為使用異能而帶來的極度疲勞，會讓他睡得很沉的情況外，他已經很久沒有在初次相識的人面前睡著了。

還真是夠鬆懈了啊。辛彷彿事不關己地心想。

已經大致適應了聽不見機庫噪音和遠方砲擊聲的日常生活。以及不用整天留意附近「軍團」氣息的生活。

只有能聽見怨歎聲這一點，始終沒有改變。就在遙遠的前線彼方。那布滿整片大地的機械亡靈大軍傳來的怨歎聲不但沒有減少，還有逐漸增加的趨勢。

白銀雙眸中的笑意，多了幾分惡作劇的神采。尤金探出身子說：

「時間也差不多了，要不要去看看？這邊大廳頂樓的展望臺，可是鮮有人知的好地點喔。因為知道能夠上去的人不多，雖然距離有點遠，但是可以看得很清楚喔。」

「……要看什麼？」

「凱旋遊行啊。聖誕前夜祭的遊行。今年出場的是西方方面軍的第二四機甲師團，所以搞不好可以看到最新式的第三期改版『破壞之杖』。」

「……」

看著一下子不知該怎麼回答的辛，尤金歪著頭說：

「咦？你該不會對這個沒興趣吧？」

「不是……」

眼前這個人對機甲感興趣，反而讓辛感到意外。

就算撇開讓辛十分在意的白系種外表不談，那瘦弱的外表及和善的臉孔，實在很難跟殘酷的戰鬥聯想在一起。他的手掌因為做家事和握筆而長了繭，略顯粗糙，但是一看就知道是沒有握過槍，也不善於使用暴力的手。

「你看起來……實在不像是會對這種事感興趣的人。」

尤金聞言靦腆地笑著說道：

「喔喔，我啊，決定要從軍了。我希望能加入機甲科，所以才想去看看，就當作是學習……

剛才我之所以猜測你也是同一類人，其實也包含了這層意義呢。」

因為昨天在戰史區的書架前，看見辛在翻閱帝國時代著名軍人的手札。而且之前也經常看到辛和自己待在同一區書架，所以才會覺得辛或許像自己一樣，因為不能上學而在這裡看書……或許也想報考特士校呢。

所以我才會一廂情願地把你當成志同道合的人。其實從前陣子，我就一直在找機會跟你聊天呢。白銀種的少年如是說。

「雖然首都一派和平，但國境線上正在打仗，也不能保證首都不會有捲入戰火的一天。為了不讓這種事發生……為了保護妹妹跟這座城市，我才希望能貢獻自己的力量……總有一天，我想帶我妹妹去看看大海，所以非得終結這場戰爭才行。」

「……」

夢中凱耶的聲音，又在腦海中響起。

——能不能請你救救我們呢？

在自己踏過的那片戰場。

在自己待了許多年，發誓要前進到喪命那一刻為止的那片戰場。

既然「她」會說出這樣的請求，也就代表著如今的自己，果然已經不再是身處於戰場上的自己了。

已經不記得的，鐵幕要塞牆的那一頭。

由於逃避現實甚至喪失自保能力，在停滯中腐朽的共和國八十五區。
然而停下腳步的現在——自己反而也成了牆內的一分子。
「……說的也是呢。」
「軍團」的哀嘆聲始終不曾停歇。
直到遙遠的地平線另一端，都充斥著亡靈之音。
辛將注意力投向彼方，那龐大而混雜的共和國屍骸的重重聲浪中。
聽不見——代表她還在裡面活得好好的。
她是否還在——追逐他們的背影，努力奮戰呢？
「……休息太久了呢。」
辛輕輕地喃喃自語，連尤金也沒有聽見。

「啊，有人回簡訊了，是辛呢。」
「咦！為什麼是傳給妳？我明明打了那麼多次！」
「嗯——……大概是你打太多次了……」
道路另一頭響起熱鬧的進行曲，以及鋪天蓋地的歡呼聲，讓可蕾娜停下櫥窗購物的腳步。
轉頭查看的瞬間，看見了鐵灰色的巨大身影，從大道兩側方整的大廈中間現身，讓她不由得僵在原地。懾人的一二〇毫米巨砲的砲口，修長的砲身及稜角分明的砲塔與車體。有八條腿的多足式戰車步行在道路上，驚人的重量踏在石磚上發出轟然巨響，驅動系統發出噪音，動力系統也響起低吟。

腳步聲與驅動聲響震耳欲聾，擁有八條腿的……

這時可蕾娜才終於想起這並不是「軍團」，下意識憋住的一口氣，也緩緩吐了出來。反射性伸手撫向上臂——如果還待在那個八十六區的廢墟戰場上，那就是掛著突擊步槍的地方。她默默將手收了回來。

「……嚇我一跳。」

現在才想起來，這不就是辛和萊登常看的新聞中，出現過好幾次的機甲嗎？好像叫「破壞之杖」，擁有和戰車型同樣口徑的戰車砲和同等級的裝甲，是聯邦的主力武器。和火力與裝甲別說跟戰車型相比，甚至比不上近距獵兵型的共和國「破壞神」有如天壤之別。

應該是凱旋遊行吧？在熱鬧的進行曲中，一輛輛連裝甲都是全新塗裝的「破壞之杖」，以及一個個身穿華美正式軍服的聯邦軍人，在道路上齊步前進。擠滿大道兩側的群眾手裡揮舞的，是繪有黑紅雙頭鷲的聯邦國旗。

一位抓著「破壞之杖」砲塔站在上頭的聯邦軍官，與可蕾娜四目相交。軍官揮了揮手，讓她稍微嚇了一跳，不過還是輕輕揮手回禮。那位比她大了幾歲的青年軍官露出自豪的笑容，向她行了端正的軍禮，就這樣消失在建築物的另一頭。

這個國家明明也在和「軍團」進行戰爭，那個「破壞之杖」也是用來和「軍團」作戰的兵器，卻不可思議地形成了一副和平而充滿希望的光景。

雖然熱鬧的氣氛感覺起來很開心，但是可蕾娜仍然不太適應人多的地方。她轉過身去，再次邁開腳步。

她漸漸習慣了這份得來不易的平穩生活，也十分開心。剛開始的時候，明明不用執行戰鬥任務，也不用處理每天的雜務，卻總是覺得很疲憊，那段時間真是難熬呢。

其他人也都各自找到了在這裡開心度日的方式。大家各自認識了一些新朋友，而可蕾娜自己的攜帶式終端機上，也新增了好幾個在此認識的友人的聯絡方式。

一開始就決定了，要試著這樣過生活。

大家各自用自己的眼睛去看看這個國家，各自決定未來的出路，而大家也都要尊重每一個人所做出的決定。

望著眼前的商店櫥窗，看著上頭自己的倒影。身上穿著在雜誌上看了很喜歡的連身洋裝，披著一條人工毛皮滾邊的披肩。但鞋跟有點高的靴子，自己還在漸漸習慣當中。

剛來到這座城市時，服裝都是由泰蕾莎或恩斯特的祕書，這些年齡相近的人幫她搭配的，不過最近她開始懂得自己挑衣服了。可蕾娜對著櫥窗變換了幾個角度，確認一下自己穿起來好不好看，隨即就看見店內的大姊姊笑著對自己伸出大拇指。

好開心，可是又有點難為情。她連忙向對方低頭致意，逃也似的離開了。

能夠挑選自己喜歡的衣服，打扮得漂漂亮亮，自由自在地逛著街，不用去想明天會不會死，或是今天的戰鬥該怎麼辦，簡直就像在作夢。

……沒錯。

這的確是一場夢。

背後的歡呼聲停下了。

只剩下軍樂隊演奏的高昂進行曲，劃破了肅穆的沉默與冬日的淡色青空。

在那片青色的後頭，據說是人類無法生存，無窮無盡的黑暗。

以前……沒錯，就是在八十五區的戰場上聽某人提起過。或者可能是那個外表粗獷卻對天文十分了解，在先鋒戰隊時的隊友九條說的。也可能是自己第一次分發的戰隊中，那位女性戰隊長說的。或是剛和辛認識的時候，聽他說的。

天空的藍色，是浮在那片幽暗上頭的澄淨部分。

無論天空也好，大海也罷，對於人類而言，那美麗的藍色似乎都不過是死亡世界的表層。

……或許，這就是天堂位於天空之上的原因吧。

她停下腳步，轉過身來。

那響徹雲霄的進行曲，彷彿正在向那些遠在天邊的英靈說，你們也和我們一同凱旋歸來了。

在群眾的默哀，以及夾雜著退役軍人的軍裝男女的敬禮之中，掛著代表喪葬的黑布，「破壞之杖」默默向前行進。

掛在砲塔正面的數字，是從去年的凱旋遊行到今年為止的陣亡與戰鬥中失蹤人數。那是令人心神震動的數字。每一個數字都代表一個名字，一段人生。

而如今還有超越這個數字的聯邦軍人，和過去的可蕾娜他們一樣，正在前線奮戰當中。

雖然這樣的日子很開心，但對於他們來說，終究只是一場夢。

而夢，總有一天會醒。

†

「我回來了……嗯？」

打工回來之後，發現宅邸玄關的燈沒有開，讓萊登有些訝異。因為每次他回來的時候，泰蕾莎都會先點亮玄關內外的照明。

泰蕾莎表示，不能讓孩子回家的時候，看見一棟黑漆漆的房子。

連接玄關處的客廳倒是亮著燈。只見芙蕾德利嘉抱著布偶熊，一個人坐在大大的沙發上。

那是之前辛心血來潮買給她的東西。因為芙蕾德利嘉纏著辛，要他帶著她去買東西，於是就在百貨公司買了這個。

芙蕾德利嘉從來沒有獨自外出過，也沒有去上學的樣子。

「汝回來啦。」

「喔，我回來了……其他人還沒回來？泰蕾莎去哪了？」

「買東西去了，還未回來呀。是不是有事耽擱了呢……」

她有些不安地嘆著氣。

這時，突然響起一道響亮的咕嚕聲。

萊登不禁低頭望著聲音的來源，也就是芙蕾德利嘉。

芙蕾德利嘉滿臉通紅，把懷中的布偶熊抱得更緊……好一陣子後，才用細如蚊蚋的聲音說：

「萊登……余肚子餓了。」

「嗯？……喔喔……」

看了看牆上時鐘，差不多到了平時吃晚飯的時間。和常常因為戰鬥、夜襲等意外而飲食時間不規律的萊登等人倒是無所謂，但還是個小孩子的芙蕾德利嘉可就難熬了。

「等我一下。」

把手上的東西放好之後，萊登走向了裡面的廚房。

與牆裡牆外基本上只有合成食材可以選擇的共和國不同，聯邦坐擁農田及牧場，所以市面上能買到一定程度的天然食材。

從冰箱的食材中挑了些能簡單料理的東西，洗過切碎後用平底鍋炒熟。總之先讓芙蕾德利嘉填填肚子，順便在泰蕾莎回來之前，先做好一道配菜。

芙蕾德利嘉雙眼放光，看著萊登就像看到魔法師一樣。

「汝竟然會做菜呀！」

「嗯，就只是還能吃的程度罷了。」

畢竟在凡事只能靠自己的戰場上待久了，就算不想學也會了。

……一般來說是這樣。

「下次再碰到這種情況，如果只有辛在的話，一定要叫他去幫妳買東西吃喔。無論如何都不要用剛剛那種方式，跟他說妳肚子餓了。」

芙蕾德利嘉的表情莫名地雀躍起來。

「什麼嘛，原來辛不擅長做菜呀。」

話說回來，自己也曾有過發現大人也做不到的事，而感到竊喜的時期呢。萊登緬懷著自己的童年，聳聳肩道：

「與其說他不擅長，倒不如說太過隨便吧。」

比方說，調味沒有拌勻，或是菜裡參雜蛋殼，或是湯煮到燒焦等等。

雖然不至於不能吃，但吃起來味道實在很糟，再加上當事人完全沒有要改善的意思，所以無論辛到了哪個戰隊，都會盡量把他排除在伙房輪值之外。不知為何只有刀工特別精湛，甚至練出了不會掉眼淚的洋蔥切法這種神祕的絕技，但自從來到聯邦之後，因為有了食物調理機，所以就成了無用的祕技。

因為以前他必須把注意力完全集中在戰鬥和指揮上，所以對於他平常注意力散漫的行為，大家都睜一隻眼閉一隻眼，但是來到了這裡之後還是沒什麼改變，才發現他根本就是生性隨便。

「原來如此。的確很像一心一意只為討伐兄長的那人會做的事呢……萊登，那是什麼？」

「……………妳沒有看過生雞蛋嗎？」

附帶一提，這時萊登正忙著用一隻手打蛋到碗裡。

最後一任管制官也是個溫室中的大小姐，但她至少還認識雞蛋。雖然對於她會不會打蛋還有些疑慮就是了。

「唔嗯。泰蕾莎說過，廚房是女僕的領土，所以不讓余進入。原來是裝進這種容器販賣的呀……加熱之後便會凝固嗎？」

「那不是容器，是殼……妳究竟是在多優渥的環境下長大的啊？」

「這個……」

芙蕾德利嘉欲言又止。

看來是很難開口的祕密啊，萊登瞇起眼睛低頭望著她糾結的模樣。

其實他隱約有察覺到，其他人也是。但是大家都不怎麼介意，所以沒有多問。

「話說，妳現在——」

客廳的門微微發出聲響，隨後辛便悄然無聲地走了進來。

「……芙蕾德利嘉最好也學學怎麼幫忙做菜喔。」

芙蕾德利嘉嚇了一跳，萊登則是平靜地看了回去。對於辛走路不出聲的毛病，認識快四年的他早就習慣了。

「這話輪不到你來說。回來啦……東西還真多啊。」

他出門時輕裝簡便，像是去附近散散步一樣，現在卻提了個看起來很重的袋子回來。

緊跟在後陸續進門的安琪、賽歐和泰蕾莎，同樣也抱著大大的紙袋或保冷袋，讓萊登不禁挑了挑眉。

「……這是什麼情況？」

「泰蕾莎小姐去買東西，結果車子到商店那邊就拋錨了。因為她已經買完了，正愁著怎麼帶回來時，我正好經過。」

「然後啊，因為光靠安琪一個人還是拿不回來，所以就跑去找我，而我又聯絡了辛。」

賽歐說著說著，把保冷袋放下來，轉了轉手臂舒緩痠痛。

「話說啊，泰蕾莎。下次要買這麼多東西的時候，就叫我或辛一起去吧。反正我們也沒事做，還能幫妳搬東西。」

「哪有女僕讓主家的孩子搬東西的道理？」

「妳的雇主又不是我們，是那個奇怪的大叔吧。」

「在我看來都一樣喔。」

「不一樣啊，他又不是我們真正的父親。」

賽歐滿不在乎地說出要是恩斯特也在場，肯定會哭得很傷心的話之後，最後可蕾娜也回來了。

「啊。」

不知為何，她佇立在客廳的入口不動。或許是因為所有人的目光都集中在她身上，或許是因為她本來打算等五個人都到齊後才說出心裡話，卻沒想到其他四人都已經回來了。

「妳回來啦，可蕾娜。」

「啊，嗯。我回來了……那個……」

她的視線因緊張而游移不定，隨後慢慢堅定下來，用那雙貓一般的金色眼眸望著所有人。蘊含著堅定的決心，雖然帶著微微的不安，卻神采奕奕。

萊登輕輕嘆了口氣。

哎呀，這傢伙也做好決定了是吧。

辛用血紅色的雙眸，靜靜地回望佇立在原地的可蕾娜。

眼中的靜謐與冷冽稍稍柔和下來。

「已經可以了嗎？」

辛的聲音和話語似乎替可蕾娜堅定了信心，她點點頭說：

「嗯。該看的東西我全都看完了。」

辛多半從一開始就決定好了，只是默默地等待其他人做出選擇而已。

不過，大家的選擇想必都一樣吧。

所以她才要開口。

臉上自然而然地流露笑容，為了這份抉擇感到自豪。

「回去吧。回到我們應該存在的地方。」

†

好不容易把工作處理完，回到久違的私邸後，聽見了少年們交談的聲音。看來他們已經適應在聯邦的生活了，恩斯特如釋重負地想著。

他們被送進強制收容所時，差不多是初等學校的入學年齡，也算是不幸中的大幸。正好是一般家庭開始教導孩子買東西的方法或在公共場合的規矩等等，這類基本經濟與社會常識的年齡。

辛和萊登多半是碰到了很盡責的庇護者吧，在那種處境下卻接受了相當高的教育。賽歐、安琪和可蕾娜雖然不及兩人，但有能力看懂那種缺陷兵器的使用手冊，進行彈道計算，已經比大多數聯邦國民優秀了。

長年處於帝政、軍政統治的聯邦，過去高等教育把持在少部分人手中，造成國內有許多孩子不曾上過學，也有許多人不會寫自己的名字，這種情況在屬地尤其嚴重。這也是明明只是暫代總統職位直到正式選舉為止的恩斯特，任期會來到第十年的原因。

在忙得不可開交的公務空檔，翻閱比較那些送到他手上的高等學校及專門學校的資料，實在是一大樂趣。

辛似乎是個熱愛學習的孩子，就讓他去念程度稍微深一點的學校吧。萊登看起來對於玩機械很有興趣，去專門學校進修應該是不錯的選擇。還有賽歐，還有安琪，還有可蕾娜。考量每個人的個性，替他們設想出路，實在很開心啊。

因為這是自己沒辦法替「她」未出世的孩子做的事。

他們只要照這樣下去，變回單純的孩子就好。

去上上學，和朋友聊聊天，腦中煩惱的是將來、戀愛或是週末要去哪裡玩，這種無關緊要的事情。他們在童年時錯過了這樣的生活，只要從現在開始彌補就好。

他掌握了能夠實現這些構想的權力。要說他公器私用也無妨，反正這也不是什麼大問題。只是想讓來到自己身邊的孩子獲得幸福，這點小瑕疵應該是可以被原諒的吧。

但是，有件事讓他很在意。

他為他們每個人都準備了一個房間，也給了他們在寬裕的家庭中，同齡小孩能拿到的零用錢，可是房間裡擺的東西卻還是那幾樣物品。除了生活所需的基本用品外，一直沒看見他們買其他東西。

過去，這些孩子除了自己本身，還有同伴之外，不能擁有也不能渴望擁有其他事物。

希望從現在開始，他們能夠找到並擁有自己想要的東西，好好去珍惜，享受這份樂趣……

恩斯特是這樣想的。

因此當他回到久違的私邸，見到久違的五個孩子，重新問了一次他們對於未來的想法。結果五個人都選擇從軍——選擇回到他們才逃離的戰場。這讓恩斯特手裡精心準備的資料，全都滑落到地上。

「為、為什麼啊！」

聽見恩斯特失態的大喊，少年們反而一臉不解地望了回去。雖然他們能坦率地露出這樣的表情的確讓人欣慰，但現在的恩斯特已經沒有空高興了。

「就算你這樣問……」

「是說，我們一開始就講過了吧？既然可以自由選擇，那就要從軍。」

「這……」

他的確有聽說。從審問官那裡聽過匯報，也在他們剛住進這間宅邸時，聽他們親口說過。

他本來以為，那是因為他們懵懂無知，才會想要從軍。

因為他們不知道生活可以和平又安穩，再也沒有人會用八六這個蔑稱叫他們，不需要放棄未來，可以過著有人類尊嚴的生活。

可是他們現在知道了，卻還是……？

萊登平靜地笑了。

比起剛來這裡的時候，笑容和煦了許多……沒錯，明明是這樣啊。

「抱歉，剛開始我是對你抱持不信……這裡是個好地方。但是我們留在這裡太久了。」

「我們已經得到充分的休息，該是出發的時候了。」

「所以才要回去。回到我們應該存在的場所。」

回到戰場。

恩斯特緩緩搖頭。想要出發，「所以」要回到戰場。他怎麼想也想不透會有這樣的選擇。

「所以……為什麼？為什麼非得回去戰場……」

明明拚了命去戰鬥，好不容易存活下來，好不容易逃離了那個地方——

辛毫不避諱地直視著因為他們的決定而大驚失色的恩斯特。

打從來到這裡之後，他就已經做好決定了。

甚至不用到「下定決心」那麼慎重，對他們來說，這只是很自然的想法。只是因為對方給了他們機會和時間，所以就試著重新審視一下——重新審視自己的本質，只是這樣而已。

他們打從一開始就沒有想要融入這裡。

也不打算在這座城鎮佇足。

恩斯特給予他們的這一個月緩衝時間，只是讓他們重新體認到在與「軍團」無止盡的戰爭中短暫得到的這份平穩生活，果然不是他們的歸宿。

因為他們被隔絕太久太久，比起懷念，他們只感到疏離。

這種感覺還不壞的安穩生活——果然還是無法打動自己的心。

即使如此，對於給予自己機會與時間，還為了毫不相干的他們如此失態的這個人，辛覺得至少要好好給他一個回答。

「我們只是單純運氣好而已。」

因為隊伍裡有著能夠聽見所有「軍團」的聲音，感應所在位置的異能的自己。

因為有個一點也不像共和國人的最後一任管制官，幫助他們越過了共和國側的警戒線。

而當他們在戰場上無力再戰時——多半是哥哥伸出了援手吧。

正因為有了這麼多的幸運，他們才能成功抵達聯邦，而死去的同伴只是不夠好運罷了。

他們和自己這五個人的分別，不過就是這樣。

「只是碰巧受到了幫助，來到了這樣的好地方，卻在這裡裹足不前的話，我就沒有臉去面對那些同樣努力奮戰而死的同伴了。我們還沒有死……還沒有真正打完我們的戰爭。」

刻著過去與自己共同奮戰，卻先走一步的戰友名字的金屬片，留在菲多的身邊，那是給它的餞別禮，也是他們到達此處的證明。但是，他並沒有打算拋下那些說好要讓他帶著走到最後的同伴。

他記得每一張臉，而他們如今也與他同在。

已經說好了——要帶著他們戰鬥到底，走到最後。

「『軍團』還沒有消滅，要是不繼續戰鬥下去，這個國家也沒有明天。既然如此，我們沒有辦法不去正視這個事實，假裝自己生活在和平的環境當中——假裝自己還活得很好，實際上卻只是等著敵人割下自己的首級。」

這正是他們最為反感，發誓自己絕不會同流合汙，被他們唾棄為白豬的聖瑪格諾利亞共和國的處世之道。

身處於戰場之中，卻逃避戰鬥，在虛假的和平中故步自封，把與「軍團」交戰的責任統統推到八六身上，連自保的能力都忘光了。別說是人類，甚至丟臉到沒有資格稱為生物的共和國人。

在特別偵查——穿越「軍團」支配區域的死亡行軍過程，他們好幾次目睹了「軍團」的真實戰力。

無時無刻都被迫聽著亡靈怨歎聲的辛，那無窮無盡的機械大軍所發出的一波波低語，如今也在他的耳邊迴盪。

共和國不過是滄海一粟。

或許就連整個人類勢力都難以抗衡。

事到如今，如此可怕的威脅就在眼前，他們又怎能假裝沒有看見？

他們是八六。

在敵人重重包圍的戰場上，靠著自己的雙手殺出重圍，戰到至死方休。

這才是遭到祖國拋棄，也失去家人，除了自己以外一無所有的他們，唯一擁有的榮譽及存在證明。

「就算無論如何都得死，至少可以選擇死亡的方式。既然總有一天會死，那就戰鬥到死亡為止。這便是我們所選擇的生存方式。還請你——不要奪走這份自由。」

聽到這裡，萊登不禁揚起嘴角。

他想起了辛向最後那位管制官，所說的最後一番話。

「而且啊……都已經跟人家說要先走一步了，要是被追上的話，那多沒面子啊。」

辛對於他的揶揄不予置評。

聽完這番解釋，恩斯特還是搖頭。

「這樣是不對的。這樣是不對的……！」

恩斯特當然不會不知道戰火無情。

在帝國時代，他曾以一介軍官身分從軍，而在公民革命時，也以指導者身分親赴第一線擔任指揮。他們殺死了許多敵人，也付出了許多犧牲，有許多人都留下了和他一樣的傷痛。

明明戰友們都光榮戰死，為何只有我苟活於世？活下來的自己，真的有獲得幸福的資格嗎？

恩斯特不知見過多少個像這樣抱持著過度罪惡感而煎熬不已的退役士兵。

這樣的想法是不對的。

「因為你們盡全力去戰鬥，才能來到這裡，所以只要享受這份成果就好。那些過世的同伴，既然是真正的同伴，就會希望你們這麼做……不要為此感到內疚啊！」

不要為了活下來而內疚。

不要為了得到平穩——且幸福的生活而內疚。

否則，無法拋下過去的人，只會想著如何自我犧牲，一輩子也得不到幸福的……！

可是這五個人的表情沒有一絲動搖。他們或許聽懂了，卻沒有被打動。在難以言喻的焦躁之下，恩斯特決定繼續說服他們。

但一直在旁默默聆聽的芙蕾德利嘉，這時輕輕地開口說道：

「別說了，恩斯特。」

恩斯特愣了一下，低頭看著芙蕾德利嘉。

只見一雙血紅色的眼眸，堅定不移地仰望著自己。

「替受傷的鳥兒準備舒適安全的小窩，確實是善舉……然而，以外頭充滿危險為由，不准傷癒的鳥兒飛走，等同於將其關入牢籠。他們費盡千辛萬苦才逃離名為迫害的牢籠，這次汝又打算將他們關入名為同情的牢籠嗎？」

淡色的雙唇抿了一下，接著才擠出後面的話來。

帶著一雙像是囚籠中的野獸望向外頭的人類一樣，隱含傷痛的眼神這麼說：

「這麼一來就和共和國犯下的惡行相同了，汝應該不會不懂。」

恩斯特頓時說不出話來。

「再者，他們並不是懵懂無知，是非不分的幼童。孩子總有一天會離開父母，何況只是暫代父職的汝呢……既然他們想走，就讓他們走吧。」

聽完年齡不到自己一半的嬌小少女所說的話，恩斯特陷入沉默。

聽了這番意想不到，也超出當事人年齡的成熟言論，一直低頭看著芙蕾德利嘉的辛也開口：

「需要向妳道謝嗎，公主殿下？」

「余只是把心裡想說的話，說給那個腦袋和石頭一樣的笨蛋聽。這只是余個人的想法，汝不必言謝。」

芙蕾德利嘉先是哼了一聲，接著瞥了辛一眼說：

「……汝發現了嗎？」

「多多少少。」

那與年齡不符的高傲言行舉止。明明受到雖然是暫定，但畢竟是大總統的恩斯特所庇護，卻沒有去上學，也不曾獨自外出。就像是極力隱瞞她的存在一樣。

再加上——

「妳的腔調。我之前一直覺得似曾相識，直到不久前才終於想起來……那是和母親一樣的腔調。」

在戰火與亡靈怨歎聲的影響下，雙親的聲音與容貌都已經模糊不清，如今也只能回想到這種程度。

「對了，汝的父母原是帝國貴族之後呢……若是有心尋找，想必還能找到汝的族人，但汝卻從未有過尋親的念頭，余實在無法認同。」

辛不解地望向對方，只見那雙同樣色彩的血紅眼眸，帶著出乎意料的真摯之情仰望著自己。

「余明白，遭受祖國拋棄，與親人失散，也不曾繼承國家歷史與民族文化的汝等，除了心中的驕傲之外，沒有其他定義、保有自我的方法……然而，對於正常人而言，這是一種有缺陷的生存方式。人是由土地與血脈構築而成的存在。欠缺了這兩者，僅憑自身思想維持自我的靈魂，很容易喪失自我……汝等務必牢記在心。」

「……」

這番話莫名具有說服力。

完全不像是一個剛滿十歲的孩子說出的話。

就像是曾經親眼目睹了某個人的自我破滅，讓她花了漫長的時間去思考，試圖找出解答一樣。

有股似曾相識的感覺，從腦中一閃而過。

那雙仰望著自己，同為血紅色的眼眸。

只見她眼神稍稍動搖，用力閉了一下，隨後又以異常堅決的態度，重新抬頭看了過來。

「余的真名是奧古斯塔・芙蕾德利嘉・羅森菲爾特。乃號令『軍團』進攻大陸全土，大齊亞德帝國最後的女帝……也是奪走汝等家人與故鄉的元凶之一。若有任何仇怨，儘管衝著余來。」

萊登平靜地開口：

「那時候妳才幾歲啊。」

「軍團」是在十年前展開侵略的。而今年十歲的芙蕾德利嘉，當時頂多也只是個嬰兒罷了。

他也曾經聽說過，在帝國最後的兩百餘年，帝室早已淪為由大貴族組成的獨裁政權所操控的傀儡。

「是共和國奪走了我們的一切。事到如今，妳還想誤導我們嗎……別把我們當成笨蛋啊。」

「抱歉。」

少女羞愧地低下頭。

接著身體一陣顫抖，再度抬頭說：

「余看中汝等八六的榮譽感，有一事相求……倘若汝等打算重回戰場，請帶上余。同時，希望汝等助余討伐如今仍舊徘徊於戰場上的——余之騎士。」

不需要多做解釋，辛他們也能明白箇中含意。

身為八六的他們，過去不但被禁止替死去同伴建造墳墓，甚至不能回收遺體，有時還得眼睜睜看著同伴的屍骸被敵人拖走，所以一聽就明白了。

「被『軍團』捉走了嗎？」

芙蕾德利嘉輕輕點頭。

「就是在即將抵達聯邦前，襲擊汝等的『軍團』。那個在戰鬥途中發動砲擊……汝等似乎稱為『牧羊人』的存在。」

「妳怎麼知道是它？」

只有辛的異能才能從囚禁於機體中的亡靈怨嘆中，找出特定的個體。在聯邦這個甚至沒有發展出知覺同步理論的國家，而且還是在離前線十分遙遠的首都，芙蕾德利嘉竟然能夠一口咬定那架從未現身過，躲在支配領域最深處的「軍團」就是她的騎士。

一問之下，芙蕾德利嘉露出強忍悲傷的神情。

「能夠看見相識之人的現在與過去，便是余所繼承的血脈能力……抱歉。令兄留下的傷……想必很痛吧？」

——汝的頸子受了什麼傷？

那時候，芙蕾德利嘉大概全都看見了吧。

看見自己差點被哥哥殺死的過去。

看見自己親手終結寄宿著哥哥亡靈的重戰車型的瞬間。

也看見了在她這個年紀時，便下定決心要實現這個目標的自己——

「余除了看著，什麼事也辦不到。光憑余一個人，沒有能力拯救在戰場上哭號的余之騎士。因此，能否助余一臂之力呢？正如同汝所成功拯救的兄長一樣……能否救救余的騎士呢？」

辛緩緩閉上雙眼。

他終於明白，這段時間以來，那種似曾相識的感覺是什麼了。

她剛好和那時的自己一樣年紀。

和自己決心討伐死在遙遠的戰場上，不停徘徊的哥哥時，一樣的年紀。

「——好。」

恩斯特長吐一口氣。

「……我明白了。那麼芙蕾德利嘉也會以吉祥物的身分，和你們分發在同一個部隊……但是，你們要答應我一個條件。」

這句潑冷水的話來得有點晚。眾人對恩斯特投以怪罪或冷漠的眼神，但是他並未打退堂鼓。

「你們必須以軍官身分從軍。具體來說，聯邦這裡有一種特別士官學校的制度，我希望你們經由這個管道入伍，否則我不會同意。」

雖然這些孩子不一定都符合中等教育程度的入學條件，不過應該不成問題。因為實際上的門檻沒有這麼嚴格，根據聯邦如今的戰況，也沒辦法這麼講究。

「啊？」可蕾娜眯起眼睛，一臉懷疑。

「為什麼非得這樣？階級這種東西，跟入伍沒什麼關係吧？」

「不行。因為我等於是替你們的父母照顧你們。你們的父母一定也會這麼說的，所以我也不能馬虎行事。」

「汝怎麼會知道他們的父母是怎麼想的？」

「我當然知道……因為我也曾經是個父親。」

衷心期盼孩子能夠幸福……父母就是這樣的生物。

「士兵退役和軍官退役，未來的出路差別很大。等到這場戰爭結束後，能選擇的道路自然是越多越好。」

等到這場戰爭結束。

聽到這句話，少年們不禁愣住了。

這些孩子打從懂事起，就置身於和「軍團」之間的戰爭中。在這瘋狂的戰爭中，成為任人擺布的傀儡，好不容易才存活下來。

未來是什麼？他們臉上的表情是這樣寫著。

我似乎說了很殘酷的話啊。恩斯特心想。

待在戰場上四五年，甚至更久。從他們知道上戰場的家人再也不會回來的那一刻起，心中的覺悟在漫長的歲月中益發堅定。等待著不曾歸來的親人，看著身旁死去的同伴，心想或許自己也會在明天，或是某個命中注定的時刻死去——他們早已做好這樣的覺悟。

既然如此，那麼至少要死得有尊嚴。

對著這些心中已有覺悟，認定自己早該死去的孩子們，說出你們要活下去。告訴他們接下來還有很漫長的人生要走。那是向來只爭朝夕的他們所不知道的——完全相反的生活方式。

他們肯定還不明白其中的殘酷吧。

「這場戰爭總有一天會結束。既然你們打算戰鬥到底……那麼從現在開始，你們就得好好思考在戰爭結束之後，打算該怎麼辦了。」

第四章　在雙頭鷲的旗下

第一七七機甲師團司令部基地的大會議室中，寬廣如小型劇場的室內，只剩下全像螢幕提供的微弱光照，讓齊聚一堂的麾下指揮官們的表情更顯陰沉。

在阻電擾亂型全天候的電磁干擾下，從交戰區域深處到「軍團」支配區域，都無法進行觀測的問題，聯邦同樣也無力解決。但是聯邦軍人卻沒有無能到因此放棄蒐集敵情。即使只有零星不全的情報，也能從中找出蛛絲馬跡。

通訊量的增減。自走索敵機捕捉到的聲紋、總數與移動方向。還有冒險深入交戰區域的偵察部隊傳來的報告。

「——根據以上的分析結果，統合分析室判斷『軍團』於近日內轉為大規模攻勢的可能性極高。」

坐在會議室中央的皮椅座位上，擔任第一七七師團司令官的少將聽完這份報告後，不禁嘆氣道：

「果然不出所料。或者——該說時候終於到了。」

對方企圖突破各戰線已久，何時發動大規模攻勢都不教人意外。

在回歸寧靜的昏暗之中，一道修長的身影站了起來。

那是一位年輕的女性軍官。剪成超短髮的金髮，配上一對紫色眼眸，以及一雙塗上高雅紅色的嘴唇。

在軍官階級連連陣亡而時常就地任命指揮官的聯邦軍中，也很難在這個年齡拿到的中校階級章，在她的衣領上閃耀著光芒。左臂套著研究部的臂章，胸前則配戴著飛行員徽章。

「什麼事，維契爾中校？」

「少將閣下。為因應大規模攻勢，第一七七師團各部隊也將重新編組。我希望藉此機會，重新取回我的部隊指揮權。」

語畢，會場內充斥著缺乏善意的竊竊私語。

望著這位無視於赤裸裸的敵意，甚至露出微笑的美人，少將輕輕嘆息：

「『女武神』還在試驗階段。能否獨立運用還是未知數，還是照舊與『破壞之杖』混合運用較為妥當。」

「恕我直言，閣下。極光戰隊的總擊墜數，別說第一七七師團，就算放在整個第八軍團來看，都是頂尖水準。如此充分的戰果，不也證明了足以作為獨立部隊使用嗎？」

「然而損耗率也同樣可觀啊……在配發後的第一戰就犧牲了戰隊半數成員的機甲，實在教人難以信任。」

「您可以將其視為一種篩選過程。透過數據可以發現，之後的損耗率其實非常低。」

此話一出，會場中突然有人插話：

「明明是靠著那些八六的經驗，虧妳說得出口……整天想著東山再起的死亡商人，居然把那些可憐的孩子又送回戰場上。」

聽見這揶揄中帶有些許義憤的聲音，這位美人臉色凝滯了一瞬間。

雙眼搖曳著複雜的神色，壓下從心底湧上的情感後，再度開口：

「——本所研發的ＸＭ２『女武神』擁有超越『軍團』的機動力，只要戰術上能夠配合，戰鬥能力也絲毫不遜色……面對兵力優於我方的『軍團』所謀劃的大規模攻勢，光靠現行的集團戰術，並不足以因應。大膽跳脫固有戰術思維，以少數精銳對抗大量敵軍的戰法也有可取之處。」

說完之後，美人嫣然微笑。

美麗的紫色雙眸，靜靜地凝視著少將。

同樣望著對方的少將，瞇起眼睛。

這個年紀比自己小的陸軍大學同期生究竟在想什麼，就算不說他也很清楚。

趕快給我同意就對了，笨金龜子！——真是什麼鬼話啊，這個臭蜘蛛女。

「為了聯邦與人民的安危著想，還請重新檢討『女武神』與極光戰隊的正確運用方式，少將閣下。」

†

一度攻入第二防衛線的「軍團」，在聯邦軍的反攻下，昨天半夜撤退了。

「——撤退的確是好消息，可是我們部隊的待遇就不能改善一下嗎……一接到救援請求就要到處趕場，沒事了就叫我們滾去機庫還是倉庫，當我們是狗還是什麼嗎？」

「救援請求本來就是突發狀況，單純只是各基地沒有時間安置我們吧。」

在前進基地撥給他們作為臨時宿舍之用的ＦＯＢ一三預備機庫的一角。在待機狀態「破壞神」旁邊，坐在鋪著亞麻布的行軍床上，萊登發起牢騷。一旁同樣把行軍床當成椅子坐的辛，平淡地如此答道。

軍隊的一天總是開始得很早。機庫外已經能聽見這座前進基地的工作人員開始上工的聲音，以及數千名剛起床的戰鬥人員的喧嘩聲，然而不屬於這座基地的他們，卻無事可做。

極光戰隊的基地本來應該是位於後方的師團司令部，但是負責機動防禦任務的他們，在前線沒有自己的基地，所以駐紮方式也和一般部隊不太一樣。

具體來說，發出救援請求的基地就要負責他們的補給以及住宿問題，在接到下次救援請求前，就以目前的基地為據點。由於救援請求不是以戰隊為單位，而是以小隊為單位發出的，所以這支戰隊的成員全都四散在不同的基地當中。自從他們被分發到這個戰隊以來，都一直過著這樣的日子。

幸好在每次戰鬥結束後，各前進基地時常得暫時接收非所屬部隊，所以行軍床等等最基本的寢具和食材配給不虞匱乏。

事實上，這座基地的居住區塊還有空的個人房，所以優先讓給包含芙蕾德利嘉在內的女性隊員使用了。

「上頭大概認為『女武神』只是實驗性質的臨時武裝，所以也沒有要好好整頓的意思。而且也忙到無暇顧及吧。」

「昨天也損失了不少人啊……照你的預測，它們也差不多該來了。」

看見萊登瞥來的眼神，辛聳聳肩。

在辛將哥哥送往另一個世界後，這個由對方賦予自己的異能依舊沒有消失。而在異能的幫助下，他能夠掌握亡靈大軍的總數與動向。

差不多該來了——情勢並沒有萊登說得這麼簡單。

「正確來說，什麼時候來都不奇怪……它們保持這個狀態已經很久了。」

基地早晨的喧囂聲被亡靈的低語所覆蓋，在辛的耳中顯得有些遙遠。

「——結果我們隊上又被幹掉兩個人。是第二小隊的法比歐和畢安塔。他們本來不會死的，可是在被近距獵兵型包圍的步兵部隊中有他們的老友在，前去救援就……」

居住區塊的走廊地板，在鞋底的摩擦下發出聲響。

在前線沒有自己基地的極光戰隊，當然也沒有戰隊長和副隊長能夠使用的辦公室空間。因此，本來該在辦公室進行的匯報，就像這樣由落後辛半步的班諾德邊走邊匯報了。

「這樣一來，我們隊上就不滿二十人了。雖然姑且提出了人員補充申請，但正規機甲部隊也損失慘重，我們大概也拿不到配額吧。說穿了，我們這邊只是研究部的雇傭單位，傭兵的聚集地罷了……而且，大姊頭無論是在軍部或研究部都是不受歡迎的怪人啊。」

一〇二八試驗部隊隊長，葛蕾蒂‧維契爾中校。

雖然在到任時曾見過面，卻不曾直接交談過。

「不過嘛，在製作『破壞神』這玩意兒的時候，就已經惹來很多批評了。」

「畢竟光是測試就讓十個人進了醫院，可說是不折不扣的駕駛員殺手呢。再加上大姊頭又是軍工產業家族的千金小姐，雖然替換零件和預備機因此而不虞匱乏，但外頭也傳得很難聽，說是『死亡商人在強迫推銷』呢。」

相對於班諾德帶著不滿的語氣，辛的回應卻十分平淡。

「兵員和物資得不到補充，我早就習慣了。光是能拿到機體的補充零件，就十分足夠。」

「雖然跟少尉說過好幾次了，但那真的只是共和國的制度不正常而已。請不要用你們八六那種莫名其妙的標準，說得好像真的很不錯一樣。」

話雖如此，當初在得知辛是八六之後，班諾德馬上就改變態度，欣然接受了。

極光戰隊起初是大隊規模的編制，由正規上尉軍官擔任戰隊長。

而在那位上尉令人不敢恭維的無能指揮下，戰隊的首戰就害死了包括他自己在內的許多隊員。

眼見當時不過是一個小隊副隊長的辛接下指揮官職位，班諾德真的覺得氣數已盡。一個剛從特士校出來的小菜鳥，怎麼可能扛得住指揮官的重任啊。

結果他錯了。

雖然如此——

「……但少尉要是去正規的機甲部隊，應該會輕鬆多了吧。為什麼要跑來這種又累又沒人愛的部隊？」

「這邊對我來說比較輕鬆。正規部隊的指揮系統和交戰規定太過死板，綁手綁腳的。」

作為共和國的「無人機」進行作戰時，既沒有下達命令的指揮官——除了最後一人之外——也沒有任何交戰規定。依照個人的職責與判斷自行行動是很正常的事，所以辛對於需要逐一請示上官，遵從命令的正規軍做法，實在不能適應。

班諾德哼了一聲：

「十幾歲的小鬼居然敢嫌正規部隊『綁手綁腳』啊……對我們來說，只要指揮官別太無能害死我們就滿足了。就算指揮官是個冷漠的臭小鬼，是個不顧指揮率先衝進敵陣的笨蛋，就算是個隨便同步就有可能會把人搞瘋的鐵面死神也沒差啦。」

雖然班諾德抱怨了一大堆，辛卻幾乎左耳進右耳出，只是隨意地望向窗外。

這時，駛在泥土路上捲起陣陣塵煙的開放式卡車，吸引了他的注意力。

車斗上堆滿了一袋袋像是收成的豆子或馬鈴薯一樣的黑色屍袋。那是在昨天的戰鬥中陣亡的將士遺體。

尤金大概也被帶回來了吧。辛突然閃過這個念頭。

那位曾說要為了家人而戰的同梯。

——既然這樣，你又為何……

辛知道尤金想問什麼……但是那時他要是真的把問題問完，自己又該如何回答呢？

「少尉……少尉？你有聽到嗎？」

回過神來，就看見班諾德一臉狐疑的表情。

「啊啊……抱歉。」

「啊，我知道你們這些小鬼正好是晚上需要睡覺的年紀，像這樣連日夜戰應該很累呢……不過，那一位就有點超過了。」

班諾德看著前方，閉上了嘴巴停下腳步。

辛往前一看，才恍然大悟。

大概是一連幾天都沒睡好吧，只見芙蕾德利嘉穿著睡衣，頂著一頭亂髮，睡眼惺忪地用一隻手拖著布偶熊，光著腳慢慢走了過來。

雖然這明顯違反了聯邦軍的軍規，但無論是被當成傭兵看待而軍紀渙散的戰鬥屬地兵班諾德，或是曾被當成無人機對待而從來沒守過軍規的辛，都不怎麼在意。

話雖如此，那件代替睡衣之用的襯衫開了三顆釦子，從右肩滑落下去，讓纖細的肩膀到底下的胸口都暴露在外。雖然只是個完全沒有看頭的十歲小孩，還是不太恰當。

「芙蕾德利嘉。妳要換好衣服才能出來，不然就再回去睡一下吧。」

「唔唔。齊利，幫余梳頭髮。」

辛嘆了口氣：

「芙蕾德利嘉。」

紅色的眼睛眨了眨，才茫然地往上看。

「辛耶……抱歉，余認錯了……」

雖然她回了話，卻還是迷迷糊糊地繼續往前走。辛只好揪住她的領子，不讓她亂跑。

正好這時安琪出現了，就交給她負責。

「安琪，抱歉，麻煩妳了。」

「怎麼了？……呃，芙蕾德利嘉？妳怎麼穿成這樣！快點進來！賽歐，去幫我拿芙蕾德利嘉的軍服過來！」

「咦？為什麼我就可以啊？算了，我拿過去就是了。」

正好經過的賽歐，就這樣走去了芙蕾德利嘉的房間。

目送她離開的班諾德開口說道：

「我剛剛要說什麼來著……啊啊，對了。那個『包裹』好像又送來了。是國軍本部發來的通知。」

「包裹？……喔喔……」

想通之後，忍不住發出嘆息。

所謂的包裹，就是被聯邦收容的這半年來……「釋出善意的國民」不斷送來的信件和禮物。

他們明明不是小孩子了，卻還是有人送來布偶或是繪本。還有各種表達過剩同情心的信件。為了讓八六能夠以平凡的聯邦公民身分生活，恩斯特封鎖了他們所有的個人資訊。因為這個緣故，在聯邦國民的想像中，他們的形象漸漸發展成了「遭受殘暴共和國迫害的可憐無助孩童」。

辛不關心別人怎麼看待自己，也不在意自己成為別人單方面釋出善意或同情的對象，但是特地送來讓自己過目實在很傷腦筋，看了也沒什麼好開心的。

「照老樣子，全部處分掉就好……我不是再三強調過，要一個一個打開來看太麻煩，以後直接比照辦理就好嗎？」

「其實本部那邊也是一樣的意見，不管是逐一確認，或是開封檢查都很麻煩，而且你們大概也不喜歡被當成廉價同情的對象吧。可是呢，總是會有些笨蛋跳出來說這是中飽私囊還是玩忽職守什麼的，所以姑且還是得向少尉報告一聲。」

辛回望對方。那位年齡是他一倍有餘的軍曹聳聳肩道：

「只是形式而已，少尉。軍隊說穿了，也是人類組成的組織。人類既不合理又沒效率，所以軍隊裡面也有各種不合理又沒效率的手續。」

不過就這點來說，共和國也是如此。

辛想起那個不是提醒他要認真寫戰鬥報告，就是要他每次巡邏都要交報告，一開始還覺得很麻煩的銀鈴般嗓音……但隨後就被班諾德粗獷的嗓音硬生生打斷了。

「就是這麼回事——以上，報告完畢，戰隊長大人。請在這份文件上簽名。」

辛忍不住嘆了氣。

「……所以說。」

在吃早餐的時候，賽歐刻意擺出很不高興的模樣。

「人家好心幫妳拿衣服過來，結果卻得到一句『不准開門，無禮之徒！』是不是太過分了？而且拿布偶丟我也就罷了，還動手動腳是怎樣啊？」

這是被安琪叫去拿衣服之後發生的事了。

自認蒙受無妄之災的賽歐，從剛才開始就一直這樣逗著芙蕾德利嘉，而目睹全程經過的安琪則是摀著嘴偷笑，萊登和可蕾娜沒有被逗笑，只是愣愣地站在一旁看著，而辛則是一如往常地漠不關心。

雖然同樣隸屬於極光戰隊，但是各自分派到了不同小隊，所以已經很久沒有像這樣五人齊聚了。畢竟負責機動防禦工作的他們，總是因為救援請求和緊急出動而四處奔波。

就連剛投入實戰，採用毫無實績的可疑兵器試驗部隊，都必須這樣四處救火，可見西部戰線的戰況多麼吃緊。

芙蕾德利嘉低著頭，滿臉通紅。

「芙蕾德利嘉呀，明明都幫妳幫襯衫扣好了，怎麼又脫下來了呢？」

「睡迷糊了也要有個限度啊。既然那麼睏，倒不如再回去睡一下吧。」

「吵、吵死了！汝等很煩耶！」

賽歐隨口的一句關心，直接被當事人打了回票。

「再說，明明房裡有位淑女在更衣，是不敲門就闖進來的人不好！汝也這麼覺得吧，可蕾娜？」

「我有敲門喔。而且哪裡有淑女啊？」

「再說了，為什麼要在衣服拿來之前脫光啊？」

「追根究柢，睡迷糊了結果半裸身子在走廊上徘徊，才是最大的問題啊，芙蕾德利嘉。」

「誰、誰半裸在走廊上徘徊了！而且汝是聽誰說的！萊登，那時汝明明不在場呀！」

這當然是……

全員的視線都集中在辛身上，但他毫不在意。

芙蕾德利嘉趴倒在桌上。

「……汝意外地壞心眼呢……」

「勉強跟著出擊，結果自己連衣服都穿不好，話也說不清楚，倒不如回去本部待著還比較好

——我只是說了這些而已。」

芙蕾德利嘉抿起嘴唇，不滿地抬頭望向辛，但是和自己一樣顏色的雙眸卻看著別的地方，繼續往下說：

「吉祥物不必和軍人一樣遵守軍規，也沒有伴隨出擊的義務。雖然不能說派不上用場，但是我們無法保證妳不會遭受戰火波及，所以回到後方待著，我們也比較輕鬆。」

「這可不行……余是為了親眼看到最後，才會來到這裡。」

萊登壞笑一聲說：

「這樣的話，那從明天開始就要注意，別再半裸著跑到外面亂晃嘍。」

「不准再提這個話題了！」

又變得滿臉通紅的芙蕾德利嘉忍不住大吼。

繼續逗她好像太可憐了，所以五個人決定改變話題。

「好啦。今天呢，我們也要去幫忙善後吧。」

就算戰鬥結束，前線士兵也還有工作要忙。防禦陣地需要修補或重新敷設，還要回收倒在戰場上的敵機或友機殘骸，此外，也要回收友軍的遺體。

雖然成功將戰線推了回去，但第一七七機甲師團受到了極大損害。此時人手肯定是相當不足吧。

「是要去善後，還是去巡邏交戰區呢……昨天那一戰讓機甲部隊損失滿慘重的，所以搞不好是去巡邏。」

「雖然我知道『沒有意義就不用做』這種理由在正規軍中是行不通的，但明知道沒意義還是不得不做，實在很麻煩耶。」

「對吧，安琪？」

「是啊……」

啪一聲闔上了有可愛卡通插圖的記事本，芙蕾德利嘉老氣橫秋地嘆了口氣。

「明明被人使喚來使喚去的，汝等看來倒是已經習慣了呢。」

在眾人不解的目光中，她淡然地說道。

說得極端點，吉祥物的職責就只是「留在隊伍編制中」而已，但芙蕾德利嘉在辛等人前往特士校進修時，就先被分發到試驗部隊了，後來也自告奮勇接下了與研究開發班和部隊指揮官的聯絡工作。

「今天葛蕾蒂有找，余和汝等將要回到久違的自家基地。」

第一七七師團司令部基地流用了舊帝國的空軍基地，擁有大量機庫與整備場地，以及目前僅供自內地而來的運輸機使用的大型跑道。而其中一間機庫與緊鄰的隊舍和管制室，以借用的形式成為了一〇二八試驗部隊的根據地。

「──首先，每日忙於救援任務，辛苦各位了。」

在有著大面落地窗，能夠俯瞰樓下機庫的狀況說明室中，一〇二八試驗部隊指揮官──葛蕾蒂・維契爾中校，輕啟紅唇如此說道。

聚集於此的包含研究班與整備班負責人，以及戰隊小隊長以上的處理終端，也就是包含擔任戰隊長的辛在內的五名八六。目光掃過這幾個將室內年齡大幅拉低的戰鬥部隊隊長，葛蕾蒂微微苦笑道：

「和一個月前到任時相比，戰鬥人員編制真是改變不少啊……看來還是你們八六跟傭兵和『女武神』更合得來呢。」

她望著隔音窗的另一頭，好久沒有回到老巢，正在接受徹底檢查與保養的，數量不滿二十架的「作品」。

聯邦機甲開發史上第一款高機動型機甲「女武神」。

著重於運動性能，以「敵人無法瞄準的高機動性」為設計概念，可是說她的理論與理想的結晶。

由於戰車型的一二〇毫米戰車砲威力猛烈，若是擊中「破壞之杖」砲塔正面以外的部位，一樣會被擊沉。既然如此，不如從一開始就捨棄裝甲防御，以迴避為前題的設計，應該更能提高搭乘者的生存機會。

一個月前，在訓練結束派任到前線時，一個大隊共五十架「女武神」在機庫裡一字排開，是何等壯觀。

如今卻空蕩蕩的。大量的八八毫米砲彈貨櫃，以及回收後未經任何處置的殘骸，堆放在後頭的鐵捲門前，顯得有些寂寥。

如今只有未滿一半的機體數，以及年僅十五六的少年隊長們。

即使如此，試驗還不能下定論……應該還沒有定論。

「在轉達上級通知前，先告訴各位一個好消息。前幾天，終於確認了羅亞·葛雷基亞聯合王國與瓦爾特盟約同盟依然健在。巡邏部隊接收到了他們的無線電聲音。」

在與「軍團」爆發戰爭前，前者是與共和國和聯邦（當時為帝國）北方相鄰的，大陸最後一個君主專制國家，後者是與兩國南方相鄰的武裝中立國。

由於受到電磁干擾的影響，以往別說通訊，就連互相確認是否倖存都辦不到，但若是在可以確認的範圍內，至少能確定這兩國還存在。

「他們似乎也想辦法構築了防衛線，維持生存圈。由於聯合王國成功逐漸往南推進，不久後或許能夠恢復交通，而兩國共同作戰或許也指日可待……然而，除此之外的周邊國家，以及西側的聖瑪格諾利亞共和國，還未接受到無線電訊號……」

葛蕾蒂不動聲色地觀察了一下，看見賽歐興致缺缺地用手撐著臉頰，還有可蕾娜趴在桌上，只是睜著眼睛敷衍地往這邊瞧的模樣，不禁露出苦笑。

他們既沒有將共和國當成祖國來關心，也沒有以被害者的身分加以嘲笑，想必是真的漠不關心吧。看來他們傷得很深呢。葛蕾蒂如此暗忖著。

辛和萊登表面上像是在有認真聽的樣子，但是他們關心的焦點好像不太一樣——或許是某個人？而安琪之所以頻頻瞄著他們兩個，大概關心的也是同樣的東西吧。

把斑白的紅髮綁成一束的整備班長這時開口說：

「中校。這麼說來，上頭來的通知，就不是好消息了？」

聽見這個略帶調侃的問題，她輕輕點頭說：

「很遺憾……根據預測，『軍團』將在近期內發動大規模攻勢。」

與會者中唯一的民間人士，研究班的班長不禁倒抽一口氣。

同一時間，原本懶懶散散的小隊長們，突然像換個人似的。

舉個不太恰當的例子，就像在狗屋裡無聊地睡著午覺的獵犬們，突然聽見準備打獵的號角聲，猛然抬頭一樣。

「根據這個預測，西方方面軍將增強戰力，同時進行整編。我們一〇二八試驗部隊也將編列為正規機甲部隊，固定配置於FOB一五。戰隊隸屬第一四一連隊底下，由我直接指揮……今後不會再像以往那般，以小隊為單位打散到各地支援了。此後便能充分集中並發揮整個戰隊的戰力。我們的『女武神』與極光戰隊，接下來終於能發揮真本事……有任何問題嗎？」

「——關於攻勢的規模。」

望著不知道是早就料到部隊會重新整編與變更用途，還是根本對此沒興趣而語氣平淡的辛，葛蕾蒂微笑道：

「根據預測，是我軍現行戰力足以迎擊的規模。增派部隊則是為了以防萬一……話說回來，我記得你也曾經就此事提出過報告呢，諾贊少尉。」

萊登聞言瞥了辛一眼。

身旁投來的視線，被辛徹底無視，而葛蕾蒂雖然注意到這個小動作，但是不明白箇中緣由，索性當作沒看見。

「以前線指揮官視點進行的分析，的確有令人信服之處，而曾任共和國最精銳部隊戰隊長的你，提出的意見也值得玩味。但是僅僅依據一個師團負責區域的情況，來預測規模涵蓋整個西部戰線的敵方攻勢，不覺得有些過於大膽了嗎？」

辛大概也料到這樣的反駁了，只見他不假思索地回答：

「既然第一七七師團所負責的戰區在西部戰線中不屬於特殊案例，那就可以用來類推整體狀況……而在先前的戰鬥，我感覺到『軍團』正在撤退。但並非是逼不得已而撤退。」

不是被聯邦軍擊退。

有可能是誘敵深入。

葛蕾蒂頓時收起笑容。

「範圍鋪得越開，戰線就拉得越長越薄弱。因為三個月前的戰線推進，無論是防禦陣地或前進基地都還在重新架設當中……我認為目前的情勢並不樂觀。」

「……觀察十分敏銳呢。不過你還是孩子氣一點會比較可愛喔。」

試著調戲了一下，辛卻連眉毛也沒動一下。葛蕾蒂輕輕嘆了口氣說：

「你說得沒錯，少尉。司令部也明白其中的弊端。但就算保持目前的防衛線不動，聯邦也經不起消耗。即使按兵不動，『軍團』也不會自行消失。因此，就算只前進一點點也好，我們必須不斷向前邁進，徹底根絕『軍團』才行。」

「……」

「此外——假設『軍團』的確是想引誘我方上鉤再發動總攻擊，少尉預測的敵軍數量還是太多了，已經大幅超越了統合分析室的預測。」

不僅如此，甚至還超越了聯邦從自動工廠型的推測數量及生產量所計算出的理論最大值。按照辛所提出的數量，就算加上增派部隊，整個西部戰線還是處於完全的劣勢。

要不是從那位平時沉默寡言的少年所提出的各種報告中，看出他擁有從經歷上根本看不出來的豐富知識與智慧，葛蕾蒂甚至考慮將他調離現職——那份報告就是荒唐到這種程度。

或者，因為他在共和國長年累積的戰鬥經驗——被迫在極端惡劣的環境下，駕駛缺陷兵器與「軍團」戰鬥的緣故，導致他養成了過度高估敵方戰力的毛病吧。

加上他在判斷有其必要時，無視軍規及作戰計畫的行動模式（但由於戰果豐碩，目前葛蕾蒂還有辦法保住他）……看來共和國在他身上留下的創傷，果然相當嚴重。

「你大可不必這麼擔心……聯邦和共和國不同，我們絕不會對眼前的威脅視而不見。情報收集和分析都做到極致，也做好一切的準備。最重要的是，聯邦絕不會拋棄共同奮戰的同伴。」

不必像共和國的戰場上那樣，孤立無援地戰鬥了。

不必在沒有情報也沒有支援，敵眾我寡的極端狀況下，孤獨地搏命戰鬥了。

「……」

辛沒有被說服，也沒有受到任何觸動，只是垂下血紅色雙眸，靜靜地闔眼。

葛蕾蒂見狀露出微笑。

看來我們的誠心還不足以得到他的信任呢。

「此外，趁著這個機會，有新的同伴要加入戰隊了。戰隊的各位麻煩再陪我一會兒，要幫你們介紹新成員。」

聽見葛蕾蒂說了句「跟我來」，辛就跟在踏著清脆高跟鞋聲的葛蕾蒂後頭，走過了基地的大走廊。至於和他常常打交道的整備班長，以及每次進行檢查時，奇葩的言行令人無言以對的研究班長，則是在狀況說明室前就和他們分道揚鑣，只有包含辛在內的幾名八六跟著葛蕾蒂離開。

「你覺得『女武神』如何，少尉？還中意嗎？——和你們那個鋁製棺材相比的話。」

葛蕾蒂忽然轉頭看著辛，露出玩味的笑容。

「那時候，其實我也在那座收容你們的基地中。但由於防諜和防疫等等顧慮，沒機會和你們直接談話……不過，你的搭檔還放在我的研究室裡喔。要去探望一下嗎？」

「……不用了。」

由於座機屢屢遭受無法修復的重創，辛三不五時就得換乘新機，所以那架機體其實沒有使用很久，不過是他眾多備用機的一架而已。當然要說感情也是有的，但是就為了看一眼，而去打擾過去的座機——打擾那架在戰敗後才得以安眠的搭檔，感覺就像挖墳打擾死者安寧一樣，所以沒有必要這麼做。

「……關於評價報告，應該是和知覺同步的檢查結果一起送出的。」

一〇二八試驗部隊，是用來試驗「女武神」與知覺同步實用性的部隊。除了評價報告之外，為了確認對於人體的影響，駕駛員也必須定期接受檢查。

「我知道。所以我想問的，是你們的感想喔——過去在共和國，駕駛過同系統機甲的你們，實際上的感想。」

辛嘆了口氣。

「關於『破壞神』——」

葛蕾蒂微微皺眉：

「是『女武神』。」

「『破壞神』」

「就說是『女武神』了。」

「『破壞神』。」

「……算了，你說吧。」

看見葛蕾蒂不甘願地搖搖頭，走在後頭的萊登深怕笑出來，不自然地乾咳幾聲。

辛置若罔聞，繼續說下去：

「是比共和國的『破壞神』稍微高級一點的鋁製棺材。」

葛蕾娜整整沉默了十幾秒。

從臉上的表情，看得出她很受傷。

「……真的嗎？」

「咦？她該不會不知道吧？」

「簡單來說，那玩意兒就是個駕駛員殺手嘛。」

可蕾娜和賽歐小聲地嘀咕著，而葛蕾蒂因為深受打擊，多半沒聽見吧。

畢竟是只追求機動性能夠媲美「軍團」而展開研發，完全沒有考量到安全性的武器。因此，在測試階段就讓一個又一個測試駕駛員不堪負荷而退出了。配發到部隊後，也有不少正規的處理終端就像被「女武神」吃掉一樣，命喪黃泉。

辛和萊登他們之所以能夠堅持下去，原因在於他們是八六。從正處於成長期的十一二歲便開始駕駛同樣不曾考慮搭乘者承受力的共和國「破壞神」，所以漸漸長成了能夠適應負荷的身軀。

「這真是……令人飽受衝擊的感想呢。居然和那種……不知該說是脆弱，還是羸弱的……那種……甚至讓人懷疑設計者腦筋是否正常的機甲相提並論……」

雖然她當著當事人面前說得這麼直白，但畢竟是事實，所以辛並不在意。

「……你們竟然能用那種破銅爛鐵，在共和國那邊戰鬥了那麼久！」

「因為只有那個能用。」

「啊啊，也是……」

葛蕾蒂口中唸唸有詞，大概是在詛咒共和國還是製造破壞神的工廠吧。

「……我覺得這款機體還不差。雖然它的確很挑駕駛員，但速度夠快，而且制動性夠好，動作十分靈敏。事實上，『破壞之杖』也不過就是升級成鋼鐵製棺材，相較之下這款機體還順手多了。」

習慣了裝甲形同擺設的共和國製「破壞神」的八六，從不把自身安危寄託在裝甲防禦上。相較於裝甲厚實而行動緩慢的「破壞之杖」，對他們來說，著重於運動性能，以迴避敵軍的攻擊為前提的「女武神」還比較好。

「這樣啊……為何我覺得這不太像是在誇獎……」

「……事實上，辛的確不是在誇獎喔……」

安琪補上一句吐槽，葛蕾蒂似乎當作沒聽到。

深深嘆了口氣後，葛蕾蒂開口說：

「既然如此，你們又為何願意擔任處理終端呢？」

「聽說將八六列入處理終端候選名單的，正是中校您本人。」

「我單純只想讓你們負責測試，沒想到你們會主動加入實戰部隊。雖然你們的經驗與技術的確幫了大忙……但其實我一直反對讓你們這樣的少年兵上前線。何況是你們八六，更是不應該上戰場。」

眼見辛望了過來，葛蕾蒂聳聳肩說：

「我也曾是測試駕駛員。就在十年前剛與『軍團』爆發戰爭的時候。正好和現在的你同齡呢……那時我是個空軍的候補軍官，但是天上被『軍團』搶走了。」

在防空砲兵型的防空砲火，以及阻電擾亂型的電磁干擾下，無論是共和國或聯邦，從交戰區到「軍團」支配區域的制空權，都在敵人手中。

「同為軍官候補的同伴也一起成為測試駕駛員……其中很多人都犧牲了。駕著駑鈍的『破壞之杖』，在慢吞吞移動的時候，就被敵人繞到死角幹掉了。從那時起，我不斷在想，要是有速度更快的機甲就好了。這就是促使我製造『女武神』的原因。」

葛蕾娜垂下眼簾沉浸在回憶之中，接著抬起頭來，綻放笑容。

「……感謝你直言不諱，少尉。還有你們也是……下次改款一定會讓你們說出更加正面的意見，拭目以待吧。」

他們走出基地大門，走過剛剛重新鋪設的全新柏油路，到了柏油路面盡頭後，繼續踏進了充滿夏日氣息的濃綠草原。

途中，被雜草掩埋的軌道，吸引了他們的目光。

他們對這八條並排的複線軌道還有印象。

這裡是——

「你們上次經過時，這裡還在『軍團』的控制之中。」

葛蕾蒂回頭笑著對他們說道。紅豔的雙唇彎起自豪的弧線。

「在這半年內，我們重新取回了這裡。」

「啊……」身後有人輕輕嘆息，傳入葛蕾蒂的耳中。

以夏季的濃綠為底，灑落點點白花的草原上，有五架共和國機——四架「破壞神」與一架「清道夫」，靜靜地躺在從未見過的玻璃棺材中。

「這是我們將戰線回推時發現的。雖然知道可能會引起你們的不快，但我們還是進行了各種調查。這座紀念碑上的名字也是成果之一……別擔心，那些金屬片在完成紀錄後，已經放回原本的地方了。」

補充解釋後，葛蕾娜站在玻璃屋旁，輕輕觸摸石碑。由於辛曾造訪過國家公墓，所以對於聯邦的紀念碑樣式還算熟悉。

「雖然我不知道共和國如何看待陣亡烈士，但在聯邦人眼中，每位士兵都當得起護國英雄的美名。因此，每一位陣亡烈士的名字，都會刻在國家公墓的紀念碑上……你們這些同伴也是。但他們既然沉眠在你們所抵達的這個場所，就該讓他們留在這裡，所以才成了如今的模樣。」

「……」

心中竄過一絲不以為然。

因為無論是他們或自己，從來都沒想過要變成這種端正的紀念碑，與世長存。

只是希望在死後，那些認識自己的人，能夠暫時不要忘記自己就好。

——能不能也請少校不要忘記我們呢？

那時在火花綻放於夜空中所說的話，便是他真正的願望，僅此而已。

「……少尉？」

「沒事。」

辛輕輕搖頭。看來聯邦人在這方面的想法和他們不同，雖然也沒有期待過聯邦人能夠理解就是……但聯邦人以他們的方式表達了心意，多少還是值得感激。

而聯邦人沒有將那些金屬片——沒有將那些刻著同伴名字的墓碑，等同於他們的存在證明，當作垃圾丟棄，或是視為資料移往他處，同樣值得感激。

不過，看來這趟任務會拖得相當久呢。辛看著鎖在玻璃棺材中的菲多殘骸，如此心想。

直到化為塵埃為止，這個任務就交給你了。

因為「軍團」那邊也有專門回收機體殘骸的回收機——回收輸送型。所以辛本來以為菲多的任務不是直到被它們吞蝕殆盡，就是到它在風吹雨打之中腐朽為止。而那或許是會在大限將至的他們力竭而亡之後吧……當時辛是這樣想的。

這時，一道熟悉的腳步聲，來到自己身後便停下了。

有四條腿的，吵死人的聲音。

回頭一看，「清道夫」的巨大身軀默默地佇立在那裡。

四四方方的本體，加上四條短腿，和兩條起重吊臂。外型笨拙，是那種連共和國各戰區都難得一見的，超級老舊款式。

接著又有一個踏著軍靴的輕快腳步聲匆匆而來。在萊登閃過那道快撞上自己的身影後，才發現原來是芙蕾德利嘉。

「喂！雖然知道汝很心急，也不能將余拋下呀！」

芙蕾德利嘉用手撐著膝蓋，氣喘如牛地說著。一旁的可蕾娜則是忙著把沾在那頭長髮，或是軍服上的葉子、花瓣及某種顏色鮮艷的幼蟲拍掉。

「對了，芙蕾德利嘉，妳剛才上哪去了？」

明明跟來了卻沒參加會議，但注意到的時候已經不見人影了。

「為、為了啟動這傢伙，余去了研究室……因為……葛蕾蒂和研究員告訴余，要給、給汝等一個驚、驚喜。」

「驚喜？」

「話說，妳是從研究室跑來的嗎？妳還好嗎，不會喘死吧？」

「到中途為止……余都坐、坐在這傢伙身上，可是它一看到辛，就突然加速把余甩、甩了下來。」

「芙蕾德利嘉，妳先喘口氣喔，之後再慢慢說就好。」

「……所以，這玩意兒是怎麼回事？」

芙蕾德利嘉花了點時間讓呼吸緩和下來，接著就得意地挺起胸膛說：

「問得好呀，萊登。這傢伙是──」

「──菲多？」

聽見辛打斷芙蕾德利嘉，或者該說根本沒聽見他們的對話，自顧自地輕聲說道，萊登露出無可奈何的表情。

「我說你啊，該不會每隻寵物都要取名叫菲多吧？」

「並不是……」

芙蕾德利嘉應了一聲，表情相當開心：

「汝果然看出來了。沒錯，這傢伙就是伴隨汝等一路走來的菲多。」

在短暫的沉默後。

「「「「啥？」」」」

只有四個人異口同聲大喊。

辛抬頭望著菲多龐大的身軀，十分罕見地微微睜大了雙眼，愣在原地不動。

「在調查那些墓碑時，也替這傢伙做了檢查。雖然硬體接口遭到破壞，但核心組件並無大礙，才能復原到如此程度。對了，機體性能也提升到這傢伙能控制的極限，因此有望在今後的戰鬥中，貢獻一份力量呢。」

而外觀之所以還是這麼笨拙，乃是打造機體的研究班長的一點幽默。芙蕾德利嘉補充道。

這架伴隨機和他們的愛機與戰友遺物一起留在這裡，代表它在這些八六眼中肯定別具意義。既然如此，外觀保持原樣的話，應該能讓他們更開心才對。這是研究班長的想法。

「事實上，這傢伙原本也以為自己已經『死了』。所以剛換裝到新的機體上時，始終無法啟動。而它之所以會醒來——」

芙蕾德利嘉忽然浮起一絲苦笑道：

「就是因為聽到了汝的名字呀，辛耶……汝相當受到愛戴呀。」

也不知有沒有人聽出了她話中略帶的一絲羨慕。

至少可以確定辛沒有聽出來。事實上，他根本聽不見其他人的聲音了。

菲多慢慢走向佇立在原地的辛。停在觸手可及的距離。

「……嗶。」

看見光學感應器小心翼翼地朝向自己，辛輕輕嘆氣說：

「我不是命令你要駐守到化為塵埃嗎？那個任務要怎麼辦？」

「嗶……」

聽到這句話，菲多頓時垂頭喪氣（從感應器和整個機體的動作感覺得出來）的反應，也讓辛不禁失笑。

觸感冰冷的金屬機體上，卻少了過去那些傷痕。

「不過……還能再見真是太好了。」

「嗶！」

拾荒機似乎也有了感動的情緒，光學感應器劇烈閃爍，就像是眨著淚眼汪汪的眼睛一樣。

「嗶……！」

大概是想模仿人類緊緊擁抱或是撲進懷裡的動作吧，超過十噸的巨大身軀就這麼撞了上來。早就料到的辛，輕輕鬆鬆閃了過去。

用力過猛的菲多，就這樣輾著草皮一路往前衝，最後猛力撞上留在原處的戰車型殘骸。現場頓時響起「咚——」的一聲，像是大鐘般令人傻眼的聲音。

盯著靜止不動的菲多，賽歐開口說道：

「哇啊，有夠老套的發展耶。」

「汝、汝等好歹也擔心一下吧！」

只有芙蕾德利嘉一個人慌了手腳。

「反正這樣撞也撞不壞菲多。」

「余指的是辛耶！要是剛才沒避開的話，多危險呀！」

「辛似乎能看出菲多想要做什麼的樣子呢。」

究竟是相處了五年的默契，還是菲多配合自己的習慣學習而來的成果，辛並不清楚，也沒有

FRIENDLY UNIT

[友軍機介紹]

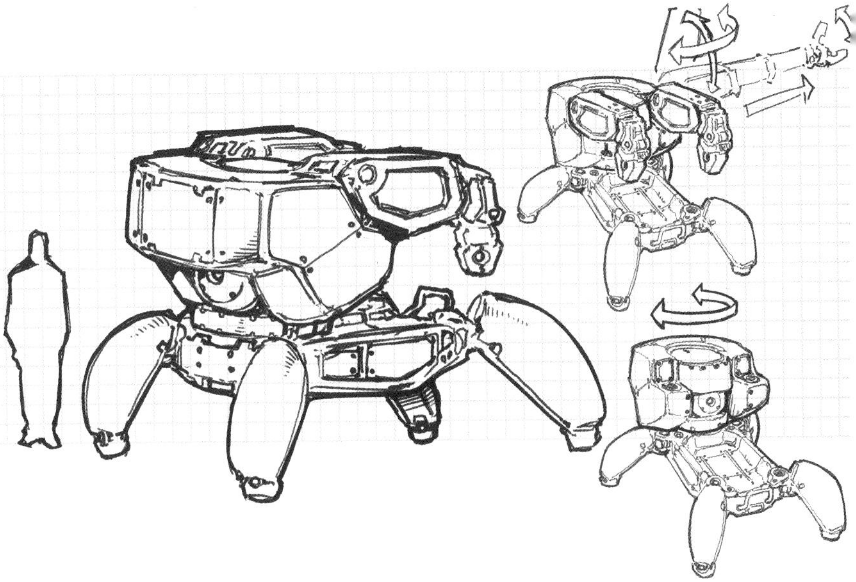

[自律型支援機]

「清道夫」

[SPEC]

[製造商及通稱]
共和國版：共和國工廠 (RMI)／M101「巴雷特」
聯邦再生型：WHM／「清道夫」
[全長] 3.1m／全高2.5m
[裝備]
高出力起重吊臂 × 2
大型貨櫃連接架 × 1

專為支援共和國無人機「破壞神」而造的支援機種。除了補充備用能源匣及彈藥，正如其「腐食動物（清道夫）」之名，同時也負責回收故障或棄置於戰場的其他機體。由於只搭載了單純的人工智慧，上述後勤工作才是該機種原本的職責，但追隨辛等人「先鋒戰隊」的個體「菲多」，或許是因為多次在激戰中死裡逃生而累積了不少學習資料，不但能充分理解辛等人的一舉一動，也會回收陣亡者遺物等等，單純的作業用機械所不具備的能力。

興趣弄清楚。

望著一副「我就知道」的樣子，垂頭喪氣走回來的菲多，辛的笑容也越來越深。

默默看著這一切的葛蕾蒂，悄悄露出微笑。

太好了。

「……你終於笑了呢，少尉。」

†

根據地設在第一七七師團司令部基地的極光戰隊所屬的處理終端，在基地的隊舍裡，姑且還是分到了自己的個人房。

話雖如此，在分發到部隊後，為了執行救援任務，始終在各前線基地之間奔波，已經很久沒有回來了。房間狹小而簡樸，沒什麼生活氣息。在房裡拿著讀到一半的哲學書，實際上卻沒看進去的辛，聽見輕微的敲門聲，抬起頭來。

現在是晚餐到就寢之間的自由時間。離隊舍頗遠的機庫噪音雖然無法傳到這裡，但隱約能聽見餐廳裡有人吵鬧這一點，無論在聯邦或八十六區都一樣。

一打開門，就看見芙蕾德利嘉。

她不知為何像是嚇了一跳的樣子，頓了一拍後長吐一口氣，開口說道：

「……汝可否改掉走路不出聲的毛病……！害余快嚇出心臟病了！」

就算她這麼說……

想改卻改不掉才叫毛病吧。辛毫無改進之意地想著。當然，芙蕾德利嘉對此毫不知情。

「話說，汝穿著這種軍靴，是如何不發出聲音的……？剛才就連壓到地板的聲響也沒有。」

「我本來就沒有刻意不出聲。」

說到這個，戴亞、凱耶和奇諾他們以前也曾經抱怨過，說辛老是不知不覺就出現在身後，簡直就像真正的死神一樣可怕，拜託他別再這樣了。

辛站在朝內開的房門前，往旁邊挪了挪，示意芙蕾德利嘉進來，於是她就踏著腳步聲走了進來。她跳上堅硬的床板坐好，環顧這間簡樸到死氣沉沉，幾乎和監獄沒兩樣的室內後，面露不快。

「真是掃興呀……好歹放張照片或繪畫，或是放一本汝喜愛的書也好，這樣實在太冷清了。」

「這裡只是用來睡覺的地方吧。東西多了，整理起來也麻煩。」

追根究柢，其實他並不是喜歡讀書，而是因為腦袋在思考其他事情時，就能轉移注意力。也就是說，他只是為了讓自己從源源不絕的亡靈怨嘆聲中，暫時解脫而已。

以前在先鋒戰隊時，雖然曾在自己的房間裡做了個書架，但那也只是因為要把書架從廢墟的圖書館帶回來太麻煩，才會自己動手。

被聯邦撿回來差不多一年了，辛對於事物的關心與執著，仍舊只有這點程度而已。

芙蕾德利嘉像是看透了一樣，皺起眉間。

「此處並非僅供睡眠之用，也是汝休憩、安身之處。縱然只是暫時的住所也一樣……如此空蕩蕩的並不是好事。」

若是在八十六區或先鋒戰隊當中，或許這麼做是對的。芙蕾德利嘉暗自嘆息。畢竟待在那個國家的八六，永遠也不知道這次出擊後，還有沒有機會回來。

「比方說，尤金的房間就擺滿了照片喔。」

「妳去收拾了？」

「畢竟到處都缺乏人手。余只是稍稍幫忙整理遺物罷了……裡頭全都是妹妹的照片呢。沒見到雙親的照片，所以那恐怕便是他僅存的家人了。」

「……」

不知道尤金的妹妹那裡有沒有他的照片呢？辛有些心痛地想著。

只在首都的圖書館見過一面，那個年紀和尤金差很多的小女孩。

同樣在那個年紀與雙親及哥哥天人永隔的辛，在日復一日的嚴苛戰鬥中，幾乎磨去了每一分關於家人的記憶。

為了至少讓妹妹得到幸福而戰，臨死前也對她念念不忘的尤金，若是就此從妹妹的記憶中消失……不免讓他有些同情。

「……要是那天妳沒問他的名字就好了。」

芙蕾德利嘉的異能只能用在相識的對象。在知道對方的名字，經過交談之後，那雙「眼睛」就能清楚看見對方的過去與現在。

要是那天早上沒和尤金交談，那天芙蕾德利嘉就不會看見他死去的過程了。

「對於結識後過世的人，汝自己不會這樣想吧。而余也一樣。即使總有一天會陰陽兩隔……相識還是比不相識好，因為至少還能銘記在心。」

辛緩緩眨了一下眼睛。

「如果沒有必要，最好還是別和任何人的死扯上關係。」

這是與家人別離，成為處理終端後始終在激戰區輪調，經歷一次又一次所屬戰隊全軍覆沒，不斷看著同伴離世的辛，沒有一絲虛假的真心話。

對於自己在最初的戰隊與同伴所做的約定，他從未後悔過。

而主動決定帶著從那時到現在，一起奮戰卻不幸身亡的所有人走到終點的事情，他也不曾後悔。

即使做好了這些覺悟，在失去同伴時也不可能毫無感覺……所以辛只是覺得，她已經有了自己的騎士這個重擔，就不該承受再多傷痛了。

芙蕾德利嘉冷哼了一聲。

「輪得到汝來說余嗎……愛管閒事的死神。」

「話說，妳來找我做什麼？」

總不可能到現在才特地跑來品評他的房間吧。

芙蕾德利嘉愣了一下，大概是想起來了，目光突然變得飄忽不定。

「嗯，這個呢，其實……」

她的目光四處打轉，最後還是不敢與辛對視，吞吞吐吐地說：

「……關於早上的事……很抱歉。那個……」

喔喔，辛平淡地點頭。原來是早上那件事啊。

齊利。

現在才發現自己連對方的全名也不知道的，芙蕾德利嘉的騎士。

「我跟他有那麼像？」

「雖然不到一個模子刻出來的程度，但背影如出一轍。雖然僅有一半，但畢竟也是同族之人呢。」

辛一臉意外地望向芙蕾德利嘉，只見她像惡作劇成功的小孩子一樣笑著。

「余之騎士齊利亞．諾贊，與汝同樣系出諾贊一族……汝未曾聽汝父提過家系之事嗎？」

「嗯。」

他沒有聽父親說過，或者，是聽過但忘記了。

「即使沒聽聞過，那畢竟是汝的根緣啊，至少該關心一下吧……諾贊乃是傳承自帝國黎明期的夜黑種武門一族。由於血脈具有極為優異的戰鬥天賦，代代均有族人擔任皇帝的守護者……諾贊一族的貴種乃是過去的王侯，擁有獨特的異能或異才，如今血脈中依舊傳承著古代貴族的血統。為了保住異能，混血便成了禁忌……辛耶，汝的父母之所以移居共和國，恐怕是這個緣故。」

聽了這些，辛還是沒有任何感觸。

因為無論是追溯到聯邦的家族關係，或是兩人移居共和國的前因後果，他都不記得了——不對。

——都是你的錯。

只要自己試著回想，腦中就會先冒出那個光景。即使他知道，那並不是自己的錯。

——媽媽死了，接下來我也要死了，這全都是你的錯。

芙蕾德利嘉陷入回憶之中，並沒有察覺辛沉默不語，全身僵直的模樣。

「齊利亞並非諾贊侯的直系子孫，因此和汝的血緣不算太近。年紀比汝大四歲……余最後一次見到他時，和現在的汝同齡。」

即位後不久便爆發公民革命，因而被趕出帝宮的芙蕾德利嘉，自懂事以來就被獨裁者一派與近衛兵軟禁在邊境的城塞——紅薔薇要塞（羅森菲爾特）。傳說中在帝國黎明期，抵禦蠻族入侵時，這座始終不曾陷落的城塞，一整面牆就像灑滿了薔薇花瓣一樣被鮮血所染紅，是帝國最後的抵抗據點。

在全是大人的城塞中，只有與她年紀最近但還是大了十歲的齊利亞，能夠陪她玩耍。幫她梳頭髮。幫她摘庭院裡的花。無論多麼任性的要求，他總是不厭其煩地替她達成。

帶著懷念的眼神說到這裡，芙蕾德利嘉突然「嘻嘻」笑了兩聲。

「說起那人啊，為人正經死板又不知變通，用萊登的說法就是腦袋不開竅吧……辛耶，倘若汝遇上了他，肯定是水火不容的場面呢。」

聽見芙蕾德利嘉這樣調侃，辛用鼻子哼了一聲。

他不知道那位素未謀面的騎士究竟是什麼樣的人，不過從剛才的話來判斷，或許沒錯吧。

「的確，似乎是我不善於應付的類型。」

「余甚至能想像那會是什麼景況呢。不是要人說話時眼睛別看著書，就是要人徹底遵守軍規軍令，而汝肯定會統統當成耳邊風，又讓他更生氣呢……好懷念呀。」

芙蕾德利嘉露出淡淡的笑容，或許是在想像兩位繼承相同血脈，生前卻從未謀面，甚至不知道彼此姓名容貌的少年面對面說話，這種不存在於現實的光景吧。接著，她垂下眼簾說：

「他曾和余提過一次呢。說他很想見見……待在共和國的同胞。」

——雖然家主大人表面上不原諒選擇私奔的少爺。

——但我想，家主大人心裡始終很掛念他。聽說在第二個孫子出生時，還偷偷送了一本和送給我一樣的繪本。而少爺寄來的信，家主大人也都好好保存起來了。

說起這些往事時，齊利亞臉上雖然帶著笑容，雙手卻在顫抖。

因為在革命當初，在帝都爆發的戰鬥中，齊利亞的家人全都命喪黃泉，而他的貴族階級朋友也是。

至於諾贊侯爵，因為和獨裁政權及齊利亞的父親關係不佳，早早便選擇脫離政權，站在民眾這一側，在聯邦成立後雖然也成功保住了家族的地位與命脈，但就芙蕾德利嘉所知，有部分原因也要歸功於恩斯特的庇護。然而當時被公民軍重重包圍，困在邊境城塞的齊利亞卻完全不知情。

——我想見見他們。見到之後，告訴他們自己也是同胞。

——因為獨自一人……沒有人能相互扶持，實在太辛苦了。

「……」

辛無法理解箇中滋味。

失去了家人，甚至連記憶也模糊不清，因此也沒有故鄉，但他卻不以為忤。

不依靠任何人、任何事物，能夠依靠的只有自己。身為八六，這些年都是這麼過來的他，無法理解那種需要仰賴外物來定義、保有自我的感覺。

「他為何變成『軍團』？」

芙蕾德利嘉沉默片刻。

「……羅森菲爾特的防衛戰也十分激烈。因為聯邦軍認為只要抓住余就能制止『軍團』。」

當時的宰相與近衛隊將軍確實擁有「軍團」的司令權限，也將「軍團」用於抵抗據點的防衛工作上。可是原本就是為了殲滅一切戰力，達到鎮壓敵方據點目的而設計，不會抓俘虜也不懂軍民有別的「軍團」，無法執行太過複雜的命令。因此，很多時候還是非得靠人類的近衛兵出馬才能解決，再加上「軍團」與人類配合作戰是違反禁止事項的行為，導致大量的近衛兵在防衛戰中死去。

而齊利亞作為最年輕的近衛騎士，作為芙蕾德利嘉的騎士，也是日復一日投身於抵抗聯邦軍的戰鬥中。

過去被譽為帝國最強戰士的血統，果然名不虛傳——日復一日，他殺死了同為人類的大量聯邦軍士兵。

「在一場場戰鬥中——齊利亞漸漸失去理智。」

革命讓他失去了家人，生養自己的故鄉也淪入敵人手中。一起並肩作戰的近衛兵們接二連三壯烈成仁——恐怕，齊利亞失去太多了吧。

一心只為守護芙蕾德利嘉，然而他的表現卻像是在渴求戰鬥一樣。站在因踩爛聯邦士兵而弄得渾身是血的機甲旁邊，若無其事地朝著芙蕾德利嘉露出笑容的模樣，她已見過不知多少次。

他笑得那麼輕鬆，那麼坦然。

——公主殿下。

「余害怕……那樣的他。」

所以芙蕾德利嘉才會逃出城塞。

逃出去之後，沒多久就被聯邦軍逮住了。

當時恩斯特恰好前來此地督戰，只能說是一種幸運。她因此逃過一劫，用身上那件紅黑相間的御用披風代替她上吊，作為女帝已死的證明。

而齊利亞看見了這個。

憑著能看見相識之人過去與現在的能力，芙蕾德利嘉得知齊利亞看見這一幕的事情。

沒多久，城塞被攻陷了，聯邦軍也撤回駐紮地。那位剛滿十六的少年，為了救回自己的主君，突破重重阻礙，不知斬殺多少敵人，最後看見的卻是一件因為逮住芙蕾德利嘉的士兵受了傷，導致上頭沾上血跡的女帝的披風。

芙蕾德利嘉的力量沒辦法看到，那時的齊利亞究竟有何感想。

只不過，那時有一架回收輸送型正好在附近徘迴，試圖從戰場當中，尋找一切能夠用於戰鬥的資源。

不同於共和國的「清道夫」，回收屍體不在回收輸送型的禁令之中。

而它們也已經學習到，人類的腦部構造，對於中樞處理裝置十分有用。

眼見那條鋼鐵大百足蟲，為回收高價值「戰利品」步步逼近……佇立於原地的齊利亞並沒有逃走。

「是余讓齊利亞變成那種怪物的。」

辛不知道芙蕾德利嘉如今看見的齊利亞是什麼模樣，因為聯邦的知覺同步，只能同步聽覺。

但是，辛能夠感受到，已經遇上兩次的超長距離砲所傳來的駭人怒吼。

可怕到讓辛也能夠理解，曾經以齊利亞擔任自己的騎士而自豪的芙蕾德利嘉，為何會用怪物來形容對方。

「汝曾說過，『軍團』即將來犯呢……齊利亞恐怕也會現身吧。到時候……」

「我明白。」

聽見少女不厭其煩地叮囑自己，辛也只能苦笑著回答。

但是這個回答，才讓芙蕾德利嘉苦笑不已。

「汝才不明白……到時候若有危險，切勿戀戰，該退就退。」

矮了一截的芙蕾德利嘉，直直地盯著辛。

「汝忘了嗎？——人很容易死去的，無論多麼渴望明天。」

就像昨天陣亡的尤金一樣。

「……如同汝方才所言。牽扯到別人的死亡——相識之人的死亡，是余不願見到的。倘若為拯救齊利，卻犧牲了汝或萊登他們，豈非本末倒置？汝等還擁有明天，余怎麼能剝奪汝等的明天。」

明天。

「——未來（明天）啊……」

芙蕾德利嘉對於辛的反應有些傻眼，一臉擔憂地說：

「汝果然想都沒想過呀，真是的……雖然這個例子不太好，但汝應向尤金多學學。下次的休假計畫、想去的場所，以及總有一天要實現的目標。只要想想這些就好。稍微……試著思考看看吧。」

——等到退伍之後。

突然間，好像聽見了那道熟悉的銀鈴嗓音。

就在九條死後不久。就在還不知道彼此的名字，也不認為有必要知道的那個時候。

——有沒有想做的事情？還是想去的地方，想看的東西呢？

那時自己只覺得對方關心到令人厭煩的程度。到了現在，他的答案依舊是「我從沒想過」。

可是，要是自己問出同樣的問題，她又會怎麼回答呢？

更讓人好奇的是，待在那個放棄戰鬥的共和國當中，她究竟是抱持著什麼樣的想法，才會選擇以管制官的身分投入這場戰爭呢——？

戰場上的夜晚總是來得很早。

所謂的戰爭，就是一隻不分晝夜瘋狂吞噬海量物資與勞力的怪獸。就連聯邦的後勤部門，也沒有餘裕提供多餘的能源，而且在昏暗的戰場上隨便點燈，只會成為砲擊的靶子。無論在八十六區或聯邦西部戰線都差不多，除了最低限度的布署外，一切設施都進行燈火管制。

「辛，你知道芙蕾德利嘉去哪了嗎？……呃。」

在接近就寢的時刻。因為聽見可蕾娜說芙蕾德利嘉還沒回來，就出來找人的萊登，敲了敲門後打開辛的房門後，便佇足在門口不動。

在擺了床鋪和書桌後就塞滿了，像棺材還是牢房一樣窄到不行的個人房中，那張一樣很窄的床上。辛就像在過去的隊舍一樣，把枕頭當成靠墊坐著不知道在思考什麼。而芙蕾德利嘉就在他的身旁，把他當成抱枕一樣靠著呼呼大睡。

「什麼嘛，原來在這裡。她還真黏你這個『哥哥』啊。」

「……只是在我身上見到故人的身影罷了。」

剛才辛之所以稍微頓了一下才說話，大概是覺得被喊作哥哥不太適應吧。話說這傢伙又是怎麼叫自己的哥哥啊？本來就沒有兄弟姊妹，對於這個稱呼也不太熟悉的萊登，其實不是很在意地這麼想著。

「喔喔，是指那個騎士啊……不過，你自己不也是一樣嗎？感覺你似乎也挺投入的。」

雖然和自己對於同為八六的同伴們……以及對於那個最後的管制官所抱持的感情，應該不太一樣就是。

辛稍微思索了一下說：

「嗯……或許吧……因為，她就跟以前的我一樣。」

「是這樣嗎？」

看著那雙望向自己的紅色眼眸，萊登用指尖碰了碰自己的脖子。雖然現在被軍服的領子擋住看不見就是了。

芙蕾德利嘉的騎士可沒有在她身上留下「那個」。

而在你身上留下「那個」的兄長，多半已經從這世上消失了吧。

總之，萊登啟動了知覺同步，向可蕾娜發出尋獲通知及回收請求後就切斷了。沒過多久，匆匆趕來的可蕾娜，一邊抱怨著「妳在幹嘛啦！」一邊把芙蕾德利嘉像貨物一樣扛在肩上，又匆匆離去了。

目送她們離開後，萊登連問都沒問，就拉開書桌附設的椅子，坐了下來。

辛的同步裝置就扔在桌上，大概是剛才芙蕾德利嘉貼在他身上睡著了，所以想拿也拿不到吧。

「……你向上頭提出報告了？」

在剛來到聯邦的時候，應該有提醒過辛不要把「那個」說出去才是。

「只是把我能說的，說給他們知道而已。畢竟現在戰力是越多越好。」

「我不是叫你不要這樣做嗎？除非親耳聽到否則沒有人會相信……這不是以前你自己說過的話嗎？而且，就算他們真的相信了，也不知道之後會怎樣啊。雖然只要在戰鬥中使用一次知覺同步就能證明……可是後果如何，你應該不會忘記吧，『死神』？」

在共和國時，除了最後那位管制官外，凡是和辛連接知覺同步，聽見那些亡靈的慘叫後，就再也沒有人有勇氣再次同步了。可怕的「死神」，是人人敬而遠之的存在。

雖然同為八六的處理終端能夠承受，但那是因為他們天天都在看著同伴慘死敵手，對於人的死亡和慘叫早就習以為常。而且要是不連上知覺同步，就無法接受那位利用「軍團」聲音俯瞰戰場全貌的死神的庇佑了。

因為這個原因而討厭辛的人，也不在少數。

就是因為知道辛曾受過這種待遇，所以對於聯邦人會如何看待辛這種能聽見所有「軍團」聲音的異能，萊登才會這麼悲觀。

就算駕駛員接連不支倒下，仍未終止使用「破壞神」。還沒弄清楚知覺同步的原理，就持續進行與人體實驗無異的試驗運用。聯邦就是能夠冷酷到這種程度。

「聯邦人並沒有他們自己所想的那麼聖人君子，而且說穿了，我們八六在這裡依舊不是與聯邦人同等的存在……到頭來，或許到哪裡都一樣呢。」

不管是憐憫或侮蔑，都是一種看不起人的態度。而單方面的同情反而代表他們放棄理解。那些披著善意外皮的人，不知何時會亮出藏在底下的惡意。

若是被視為怪物。

若是他們認為這怪物還有用的話——

「不是只有『軍團』才會把人類的腦子挖出來啊。想當白老鼠就隨便你，不過我可不想因此被當成人質。別做傻事啊。」

這當然不是萊登的真心話。

但與其對辛下手，不如拿周遭的人當人質，確實更有辦法控制他。

辛緩緩闔眼，輕輕嘆氣：

「……抱歉。」

「反正你該說的都說了，我們還能怎樣……至於信不信就是聯邦自己的事了。」

這個國家還不賴。可以的話，希望能讓他們活下去。

但是自己和同伴們沒有義務犧牲自己來保護他們。說穿了就這麼簡單。

只不過……萊登瞇起眼睛。

辛這傢伙，應該不是不忍心做出這種冷酷抉擇的人吧。

「你還好嗎？」

「──什麼意思？」

「我的意思是，你是不是在想什麼多餘的事……你是不是很在意恩斯特大叔說過的話？」

辛沉默了半晌。

「芙蕾德利嘉也要我多想想……但是，我從沒想過這種事，也覺得沒必要。」

不是和哥哥同歸於盡，就是在特別偵查中喪命。本來，自己應該只有這兩種未來可選。

而現在他能夠待在這裡，本身就是一件超乎想像的事了。

何況是更遙遠的未來。

「那你呢？」

聽見辛這樣問，萊登聳聳肩說：

「嗯，到時候再看看吧。我沒辦法想像自己未來會做什麼，而且我也懷疑戰爭是不是真的會結束。要做什麼工作養活自己……應該不會比和『軍團』戰鬥更難吧。」

雖然萊登也沒有好好思考過，但在他眼中，這似乎不是一件難事。

因為不想死，所以努力活下去。反正都活下來了，就多少讓自己活得舒服點。無論是在八十六區的戰場上，或是在那個不曾見識過的，戰爭結束後的遙遠未來，其實都沒有太大的差別。

但是這種想法，其實和他們這些八六在死亡之前都要盡全力活下去的觀念，沒什麼衝突。

不過——

看著那雙似乎陷入沉思，低垂的紅色眼眸，萊登這麼想著。

那個可從軍服領口微微瞥見，在他差點被兄長殺死時留下的，宛如斬首一般的傷痕。

在討伐了兄長的亡靈後，依舊纏著辛不放——就像詛咒一樣。

和自己這種人不一樣，對於這樣的他來說，或許還需要一些不一樣的東西，才能讓他找到活下去的理由。

用來抗衡，或者是抵銷詛咒的某種東西。

這時，一個被隨意扔下的東西，映入萊登的眼簾。

就在床角，有一本蠢到極點的哲學書，用寫了什麼的便條代替書籤夾著，讀到一半就闔上了。

如果回到還待在共和國第一戰區的先鋒戰隊隊舍裡的那時候，現在正好是那位最後的管制官連上知覺同步的時刻。

在這個時間，這傢伙在想什麼？

或者，是在等待什麼？

「……少校現在不知道過得好不好啊。」

辛瞥了這邊一眼，默默地聳聳肩。

真是不坦率啊。萊登深深吐了一口氣。

―不存在的戰區―

Why,everyone asked.
Without knowing that it is insult.

第五章　瞄準那哭號聲

機械的言語乘著電波，響徹在戰場的天空。

『——無面者呼叫第一廣域網路。』

『現在開始進行掃蕩作戰。』

『該網域全「軍團」解除待機。』

『重複一次。現在開始進行掃蕩作戰。』

『目標。東部戰區，齊亞德聯邦。』

『北部戰區，羅亞・葛雷基亞聯合王國。』

『南部戰區，瓦爾特盟約同盟。』

『西部戰區，聖瑪格諾利亞共和國。』

『通告該網域全「軍團」。』

『即刻開始殲滅敵軍。』

†

同一天同一時刻。

齊亞德聯邦西部方面軍第一七七師團極光戰隊的隊舍裡，一位軍官倏地坐起上半身。

†

作了一場摔落懸崖的夢。

「——起來。」

這句話和頭部摔在床墊上的衝擊一同到來。萊登搓著有些落枕的脖子，從隊舍裡硬梆梆的床上起身。

狹窄的房間沒有點燈，辛站在淡淡的月光之中，一隻手上還拿著剛才抽掉的枕頭。

「我說你啊……是要叫醒我還是嚇醒我啊……」

「沒時間聊天了。」

辛回得很簡短。

聲音中有幾分緊迫。

明明是半夜，他身上卻整齊穿著聯邦軍制式的鐵灰色軍服。

萊登頓時睡意全消。

「……終於來了嗎？」

「沒錯。」

望向窗外，那遙遠的西邊天空——充斥著濃密的阻電擾亂型銀色雲霧，甚至連黑色的夜空都徹底消失了。

「敵軍的總數呢？」

「我連算都不想算啊。就像是解開了七封印的感覺。」

「這個哏我連聽都聽不懂。」

看辛一反常態地開了玩笑，就知道事態有多麼糟糕。

凝視著戰場的彼方，瞇起的紅色眼眸透出一抹冷意。

「……在我預想過的狀況中，幾乎是最糟的那種了。本以為會分派到其他三國的兵團，有一部分也轉向聯邦而來。看來在『軍團』眼中，這片西部戰線是最重要的區域呢。」

「那還真是光榮啊。」

萊登自嘲地回了一句，一個蹬腳就站了起來。

弦月鋒利的藍色月光，照亮了辛的側臉。萊登望著他，皺著眉頭說：

「……你——」

「——今天的戰鬥，知覺同步的同步率還是維持在最低比較好。」

是不想隱瞞，還是這位鐵面死神已經無力隱瞞呢？望過來的血紅雙眸泛著苦澀的笑意。

白皙的容貌微微缺乏血色，但月光的照耀只占了部分原因。紅色的雙眸因為源源不絕的痛苦而有些扭曲。

「如非有必要，否則盡量不要與我對接……老實說，我本來以為已經習慣了，但是今晚的這個，真的讓人吃不消。」

因亡靈慘叫而凍結心靈，就連聽見找尋已久的哥哥那驚天動地的慘叫，也不為所動的那個「死神」竟然……

「——了解。」

「出擊準備就麻煩你了，也請你叫醒其他人。」

「你要——」

辛只是抬眼望向萊登，輕敲槍套裡的手槍。那不是聯邦軍發給機甲駕駛員用來自裁的手槍。而是更為大型，過去共和國軍的制式自動手槍。

「已經不是保持沉默的時候了——我去把全軍都叫醒。」

不講理跟無預警是軍中的常態，但在大半夜睡得好好的突然被叫醒，處理終端們的心情還是很糟。

更何況這並不是正規的命令，而是戰隊長的專斷獨行。就算他如同真的死神一樣深不可測，但是既沒有警報聲，廣域雷達也沒有發出警告，實在讓人滿肚子火。

「該死，要是他敢說這是訓練的話，下次戰鬥我就要誤射了喔，可惡的鐵面死神……」

「不如現在就去幹掉他。反正是流彈，流彈嘛。」

收到盡快完成出擊準備的命令，「破壞神」的機庫中，充斥著整備人員宏亮的喊聲，橋式起重機的作動聲，還有搬運砲彈及能源匣的重型機械引擎聲，顯得既匆忙又熱鬧。看著那些處理終端想利用噪音掩飾自己抒發不滿的嘀咕，正好經過的班諾德用鼻子哼了一聲。

「就憑你們幾個遜咖，還是省省吧。也不想想戰隊長剛分發過來時，打算找碴卻被反過來痛扁一頓的是誰。」

那時，他們還不知道辛是八六。看見他貴族特徵濃厚的外貌，以為他好欺負就出言頂撞，結果反過來被教訓一頓的隊員還不少。

「軍曹。可是……」

「還有，你們幾個不是直屬於隊長的小隊，所以沒有體驗過呢。比起雷達還是其他玩意兒，戰隊長才是最能掌握臭鐵罐動向的人。」

這時警報聲響起。

怒吼和噪音瞬間化為沉默。只剩下不祥的警報聲刺入眾人耳中。

那是告知「軍團」來襲的警報。
看著啞口無言望向自己的處理終端們，班諾德只是聳聳肩。
「……看吧。」
在第一防衛線的一角，堅固的戰壕與碉堡中，裝甲步兵們神色緊張地吞著口水，等待敵人出現。
在西部戰線作為主要戰場的廢墟與森林，很不湊巧的，在這個戰區統統沒有。但為抵禦「軍團」的猛攻，防禦設施不但建得極為牢固，在配置上也經過計算，能夠彼此援護射擊。設計了許多直角轉彎的戰壕用來降低榴彈砲爆炸破壞力，配上密集鋪設反戰車地雷的地雷區，以及位於陣地後方整齊排列的八八毫米反戰車砲。
該說幸運嗎？由於警報響得早，在附近紮營的機甲部隊也迅速趕來，讓他們吃下了定心丸，稍稍緩和了害怕死亡與黑暗的人性本能。
「——隊長。」
全身包覆在裝甲強化外骨骼中的其中一名士兵指向前方。在地平線彼方突然冒出一小塊比夜色更幽暗，冰冷而凶猛，同時還有點超現實的鐵灰色剪影。
下一刻，橫跨視野的無盡地平線邊緣，全都染上了鐵灰色。
「這……！」

宛如海嘯上岸的瞬間。波濤崩塌，無數的幽影漫過地平線，化為席捲一切的浪潮，映著夜色的幽藍平原轉眼間成了鐵灰色的汪洋。無數如同骨骼摩擦聲一般的細微驅動聲響，以星火燎原之勢，構成重重交疊、連綿不絕的波濤聲，而且無論浪頭前進多遠，後續的浪潮始終源源不斷從地平線另一端湧現，就像真正的大海一樣不可斗量。

這是不該出現於人世間的光景。

放眼望去，盡是幽影。沒有激昂的戰吼，不祥的幽暗就這麼悄聲無息地蔓延開來。

那就是——一切。

「『軍團』……」

我名叫軍團——因為我們為數眾多。

遠處，雷聲乍現。

砲彈帶著裂空的嘶鳴聲，宛如鐵鎚般從天上落下。

那是長距離砲兵型的砲擊。想必有許多人沒辦法在第一時間想到答案吧。畢竟映如眼簾的就是如此超現實——宛如古老的聖經啟示錄中所記載的審判一般，極具宗教色彩的光景。

第一發在大幅偏離聯邦防禦陣地的後方著彈。

接著落在前方的第二發，大幅縮短了偏差距離。

那並不是誤射。自數十公里外的遠方，隱藏在地平線另一端的遠方發動砲擊，正是砲兵的戰鬥方式。最初的數發是用來修正瞄準的試射，當試射完畢之後，接著當然就是——

「效力射來了————————！」

轟然巨響。

一齊發射的無數榴彈，將染成銀色的夜空抹上一層黑彩，隨後傾注在戰壕中，炸裂開來。

一五五毫米榴彈的強烈衝擊波竄過地表，遲了一拍後，高速的砲彈碎片化為質量彈，將戰壕連同裝甲步兵撕成碎片。

接著又是一波著彈、著彈、著彈。一發砲彈便能殺傷半徑四十五公尺內的半數人類，此時卻有數十發、數百發的毀滅性豪雨傾注而下，豪雨般的砲擊將怒吼與哀號統統化為烏有，彷彿永無止盡一般落入大地。

裝甲步兵被砲火困在原地無法動彈，滾滾而來的鐵灰色激流又衝向他們的陣地。

砲口整齊劃一，組成巨大梯型陣馳騁在戰場上的，是重戰車型的大軍。

長距離砲兵型的凶猛砲擊依舊連綿不絕，但不知恐怖為何物的「軍團」硬是沐浴在友軍的炮火中前進。靠著牢不可破的裝甲猛力突進，總重超過一〇〇噸的超級重量，將防禦陣地半吊子的障礙物直接碾碎。

看見衝在最前頭的一隊斥候型，察覺到敵方意圖的裝甲步兵背上竄過一陣惡寒。

用來在地雷區開路的猛烈砲擊，集中在「軍團」突擊部隊的前方。隨後斥候型便踏入了這片大多數地雷已被摧毀的荒野中。

在砲火中倖存的反戰車地雷遭到觸發，炸掉了幾架「軍團」。

重戰車型無情地踏碎這些殘骸向前推進。為了保護戰略價值較高的重戰車型，價值較低的斥候型以自身為代價，在地雷區中殺出一條活路，這是人類絕對辦不到的，戰鬥機械特有的瘋狂自我犧牲行為。

完好無缺地穿過地雷區的鋼鐵巨獸，來到了勉強在砲擊中存活下來的裝甲步兵的戰壕前。

「可惡，死守，死守啊！就算死也不能後退喔！臭小子們────！」

聽見警報而跳下床的，不只有士兵、士官與尉官們，就連擔任指揮的校官、將官階級也一樣，只穿上了最基本的軍服，就趕向自己負責的工作區域。

廣域雷達受到電磁干擾顯得一團模糊，而偵測到敵蹤的竟是跑到設定範圍外異常遙遠位置的無人索敵機，但沒有任何聯邦將官浪費時間去質疑它為何出現在那個位置。將其餘索敵機派往那架一發現敵蹤便立刻遭到破壞的位置後，從傳回的兵力與部隊組成情報，推算出敵方的兵力總數與組成。

得出的天文數字結果，讓每一個人都面無血色。

「怎麼會……竟然是整個西部戰線都會遭受大規模攻擊……？」

第一〇二八試驗部隊管制室。葛蕾蒂抬頭看著主螢幕所顯示的「軍團」預測分布結果，不由得發出呻吟。

上頭顯示的第一七七師團戰域圖當中，戰力位列前茅的第八軍團，以及涵蓋西部戰線全域的戰域地圖的第一防衛線，全都染成一片通紅。敵性單位的鮮紅色彩那幾乎令人昏厥的縱深，以及與其對峙的藍色——部屬在第一防衛線的友軍單位，實在少得讓人絕望。

是預測到了會有大規模攻擊將至，也為終究會襲來的攻勢做好了準備。然而這等規模及敵軍數量——還是遠遠超過了預想。以現在第一防衛線的戰力來說，就算拚盡全力也無法匹敵。

當然，留置在後方的機動部隊應該也開始進行出擊的準備了，但前線部隊不一定能爭取到足夠的時間。每一樣裝備都重量十足，做什麼都離不開專用機械，是機甲部隊的一大缺點。

萬一最前線保不住的話，才開始動員的後方部隊，也來不及完成緊急布防。到時候西部戰線就全面瓦解了……！

從部隊指揮官用的耳麥中，能夠聽見師團司令部與上級的軍團司令部相互溝通的聲音。從內容可以得知，羅亞・葛雷基亞聯合王國與瓦爾特盟約同盟也同樣遭受大規模攻擊。雖然兩國都傾全力抵抗，但也不能保證能夠度過這一劫。

難道今天就是人類迎來終結的時候嗎——

這時機庫傳來通訊。

『中校。』

「諾贊少尉——狀況如何？什麼時候能出擊？」

『隨時都可以。極光戰隊已整裝待發。』

一瞬間陷入呆滯的葛蕾蒂，忍不住盯著顯示「SOUND　ONLY」的全像螢幕。一旁的管制人員也感到啞口無言。

只有辛的聲音，還是如往常般平淡。

『雖然並未收到命令就整裝……但這等事後再來接受您的斥責。』

別說是斥責，這是甚至得接受懲處的專斷獨行行為，但不知是確信自己不會遭受懲處，還是根本不介意懲處，辛的語調聽起來非常平淡。

葛蕾蒂的紅唇揚起弧線。揚起為了不讓部下發現自己嘴唇發白，無論何時都會抹上口紅的嘴唇。

看來又一次被他逃過一劫了。

「就算那群腦袋硬的跟石頭一樣的老頭子罵得再凶，我也會一定會保住你的，少尉……我也會讓其他部隊在準備完成後馬上出擊。在援軍抵達前，你要想辦法維持住前線。」

『收到。』

在成立之初便是軍事國家的舊齊亞德帝國當中，多數都市都設計成在戰時能轉變為阻擋敵軍入侵的要塞機能。

任何一條道路都不能直通市中心，巷道也規定不能超過一定的寬度，並刻意留下隔斷整座城市的河川。而密密麻麻擠在一起的石造建築，也是沿著不規則殘留的古代石砌路牆建造。

不過，說穿了那也只是以人類為假想敵的策略。

「快撤退！戰車部隊來了！」

一隊驚慌失措的裝甲步兵，在蜿蜒曲折的石磚路上死命奔跑。

在殿後的士兵剛通過的轉角另一頭，響起了宛如骨骼互相摩擦的細微驅動聲響。隨後，就像是把前方的建築和其他障礙當成空氣一樣，一二〇毫米砲直接開砲了。

面對連厚達六〇〇毫米壓延鋼板都能射穿的戰車砲，石牆就像玻璃一樣被打成碎片，而殿後的士兵被砲彈直接命中粉碎，飛散的石壁碎片將周圍的士兵連同裝甲一起撕裂。

「隊長————！」

「不要回去！那已經沒救了！」

冒著滾燙白煙的砲身，從崩塌的石牆後現身，戰車型的鐵灰色巨軀悠然地繞過轉角。堵住街道的瓦礫山，對於這架多足機械根本算不了什麼。

已經無路可逃了。裝甲步兵們心想至少要死得堂堂正正，便站在原地狠狠地瞪著戰車砲緩緩對準他們的砲口——

這時，傳來一連串沉重的金屬在堅硬石磚路面上奔馳，踏碎石磚躍起的聲音，以其隨後而來的沉重風切聲。

一道純白的身影從裝甲步兵頭上飛躍。

白影降落在道路左側的公寓牆面上，利用三角跳的訣竅轉換方向，同時再次跳躍。大概是超乎常理的機動動作讓探知遲了一拍，戰車型試圖仰起上身抬起砲口彌補失誤，但白影已搶先一步從戰車型的砲塔上方進行砲擊。

貫穿。在內部炸裂。自身砲彈遭到誘爆的戰車型，模組化裝甲脫落，火焰從內部噴出。

往四周迸散的衝擊波與爆炸火焰，被降落在眼前的白色機甲的裝甲擋下，沒有波及裝甲步兵。

那身純白的裝甲，宛如四足著地無頭骷髏的輪廓，以及畫在駕駛艙下的小圖案——扛著鐵鍬的無頭骷髏的識別標誌。

「女……武神……」

只見「女武神」的紅色光學感應鏡頭望了過來。

『還有其他生還的小隊嗎？』

步兵部隊的副隊長這時才發現，一群白色機影不知不覺出現在自己背後，佇立在街道兩側公寓的平坦屋頂上。

就連建築物的另一頭也傳來吵死人的腳步聲與驅動聲響，但搭載了強大避震裝置的「軍團」不可能會發出這種聲音，但比起「破壞之杖」又輕了許多。所以現在在周邊列陣的機體，應該都是和眼前這架「女武神」同款的機甲。

看見光學感應器的紅色視線依舊對準自己，副隊長這才發現，對方是在詢問自己。

作戰區域內有無生還的友軍，在戰術上有很大的區別。雖然他們這些人兵敗如山倒，但至少還能為這些前來救援的同伴，提供這種微不足道的情報。

「沒有了，我們就是最後一批生還者！其他部隊都……大家都被那些臭鐵罐幹掉了。」

『這樣啊。』

對方的聲音極其平淡，沒有意思猶豫或哀悼，冰冷而疏離。

據說，「死神」的識別標誌是個無頭骷髏。

這麼說來——這傢伙就是那個八六的……

『請貴隊撤離戰場，重整態勢。在此之前由我們負責撐住戰線。』

「——好啦，差不多該開始了呢。」

剛投入實戰測試的ＸＭ２「女武神」——「破壞神」，是聯邦機甲開發史上第一款高機動型機甲。為了找出發揮最能發揮其特性的武裝與戰術，主砲與格鬥用輔助臂都能換裝數種不同的武器。

安琪所駕駛的「雪女」機，摒棄了通用的主武器八八毫米滑膛砲，搭載了多管式火箭砲，是一架大範圍壓制用的機體。

在戰鬥開始之前，已經從辛那裡得知「軍團」的部屬狀況。雖然隨著時間流逝，敵方位置多半也改變了不少，但是對方會如何移動，安琪大致都能猜到。

預測敵方集團的位置，同時找出能夠一次造成敵軍最大損傷的攻擊點。

這便是讓安琪在這四年與「軍團」的戰鬥中得以存活下來，同時也磨練到極致的武器。

將座標輸入輔助電腦，扣下扳機。全彈齊射的飛彈拖著一排煙霧，為了避免遭到擊落，以不規則軌道射向各自的目標。

達到設定座標。外殼信管破裂，內部的子炸彈應聲飛散。挨了一波上空而來的流彈驟雨，「軍團」狀似慌張地散了開來。

安琪的聲音柔和，嘴唇帶著微笑。

然而沒有人知道，她在駕駛艙中竟會露出如此和煦且殘忍的微笑。

「出來嘍。一大群一大群冒出來，就像巢穴被搗毀的螞蟻一樣。」

精密射擊用的護目鏡型頭戴式螢幕當中，顯示著藏在建築物或瓦礫中移動的「軍團」機影。為了防範再次遭受四處飛散的子炸彈攻擊，它們的隊形散得很開。

潛伏在歷史悠久的教會鐘塔當中，待在「神槍」機裡的可蕾娜，瞄準了其中一機。

狙擊型的「神槍」機裝備了彈道安定性與初速較佳的加長砲身八八毫米砲，火控系統與機體穩定系統也都換成了狙擊專用版。可蕾娜能夠預測動向、命中高速移動「軍團」的高超技巧，結合這些裝備後，造就出連研究班都感到驚嘆的命中率。

專用的頭戴式螢幕上，顯示著風速、氣溫等各種資訊，以及十字準星。

通過知覺同步傳入耳中的亡靈之聲，讓她微微瞇細眼睛。

無論是哀嘆或慘叫，可蕾娜都不會到恐懼。只要不是同伴變成的「黑羊」，她也不會像辛那樣產生憐憫的念頭。

對她來說，「軍團」只不過是一種會對她所珍視的同伴——對於在最前線與它們戰鬥的辛產生威脅的危險敵人。

敵人。

就該全部排除。

無意識地屏住呼吸。金色的雙眸散發冷酷氣息。

自然而然地扣下扳機後，位於遠方的戰車型裝甲遭到貫穿，應聲倒下。

「從指揮官機開始解決。我要換個位置，麻煩掩護一下。」

「收到了，可蕾娜。小嘍囉就交給我了！」

萊登的「狼人」機在格鬥輔助臂上加裝了重機槍，砲架上的主砲也換成了機關砲。這是為了透過火力壓制——鋪開彈幕牽制敵人，掩護僚機前進。

與擔任前衛，而且特化成極端近戰型的辛搭檔了三年，掩護友機成了他的家常便飯，也自然而然選擇了這樣的戰術與武裝。

同時也負責為全隊提供掩護的萊登，必須時時觀察每個隊員的狀態，對於善於照顧人的他來說，實在是再適合不過的工作。當然，萊登自己絕對不會承認就是了。

兩挺重機槍與一門機關砲，能夠各自鎖定不同的目標射擊。在兩挺重機槍潑水不入的彈幕中，試圖前進的斥候型與近距獵兵型不支倒地，機關砲的彈雨則是將兩架戰車型麾下的分隊送上西天。

這時，兩架「破壞神」從「狼人」機兩側衝了出去，「送葬者」機掠過其中一架戰車型身旁，一刀了結。躍上高架橋的「笑面狐」機則是用砲擊解決了第二架。

「送葬者」機就這樣衝向道路另一頭，「笑面狐」則是靠著鋼索鈎爪攀上建築物屋頂，轉往相鄰的道路。

可蕾娜開始替辛進行掩護，安琪撤退到後方，進行多管式火箭砲的換裝。

萊登觀察戰況，發現「笑面狐」需要掩護，便立刻駕著「狼人」機掉頭而去。

「笑面狐」──賽歐的「破壞神」的武裝，是原封不動的標準制式配備。背部搭載八八毫米滑膛砲，格鬥用輔助臂裝設重機槍。配上四具電磁釘槍及兩門鋼索鈎爪。

然而他所擅長及使用的戰法，卻一點也不「標準」。

「嘿咻……」

閃過戰車型的砲擊，將棄置在路上的車輛當作踏板，跳躍到空中後，將鋼索射進大樓牆面，繼續往上攀升。近距獵兵型也攀上牆面追了上來，而賽歐就像是在嘲諷對方一般，把鋼索射向另一側的大樓，接著放開第一條鈎爪，捲動另一條鋼索將機體扯入空中。

來到戰車型上方的同時，扣下扳機。

精準貫穿裝甲最為薄弱的後部上方裝甲後，戰車型化為一團火球。

這是大量應用鋼索鈎爪的三次元機動戰法。

手邊只有五七毫米的貧弱主砲，加上在共和國時，以棄置國土為主戰場的緣故，時常進行巷戰。而重戰車及戰車型射擊仰角不足，上方裝甲薄弱，因此來自上空的攻擊就成了它們唯一的弱點。綜合了這些條件，空間概念十分優異的賽歐找到了最適合他，也只有他才能使用的戰鬥方式。

賽歐自認沒有辛那種能和「軍團」近身肉搏還能全身而退的天賦。

自機遭鎖定的警報響起。

爬上了原先那棟大樓的近距獵兵型，將多管式火箭砲對準賽歐。他只瞥了一眼，又再次射出鈎爪，卡進隔了幾棟的大樓。在鋼索的支撐下，他在牆面上奔馳，一聽見背後響起爆炸聲就立刻掉頭，用機槍一陣掃射後，解決了近距獵兵型。

在這個瞬間，看見了另一條街道的景象後，賽歐不禁垂下嘴角。

極光戰隊的戰鬥最前線。是一道殺進「軍團」隊伍深處，一面閃避真的是來自四面八方的砲擊，一面不斷斬殺敵軍的「破壞神」白色殘影。

與其說是遭到死神眷顧，倒不如說他自己果然就是死神吧。

「說真的……為什麼辛這麼亂來還不會死呢？」

當戰鬥人員在前線拚死戰鬥時，後方的人員也在他們的戰爭中奮鬥。

『——砲彈跟能源匣有多少拿多少！準備好的卡車就出發！』

『軍曹，預備機準備好了！』

『前面一有需要就送過去！聽好了，我們不能讓菲多浪費時間回來拿貨喔！要讓那傢伙專心支援隊長他們！外送披薩就是我們的工作！』

面對無比強大的「軍團」，如果還得一面擔心彈藥或能源用盡，戰鬥人員就離死不遠了。順暢地補充消耗物資，才是他們如今對於戰鬥人員最大的支援。正因為明白這個道理，位於後方的他們也拚盡了全力工作。

因為環境吵雜，所以機庫這邊選擇了知覺同步和前線溝通。戴著同步裝置在隊舍的個人房聽著雙方交流的內容，芙蕾德利嘉拚命壓制想要馬上衝出房間的衝動。

什麼都好，一定有自己能幫上忙的地方，腦中不斷響起這樣的聲音。但她知道這只是一種自我滿足，所以靠著理性拚命壓下這股聲音。

在機庫中，為了搬運沉重的砲彈和能源匣，專用的重型機械忙得不可開交。

在管制室中，葛蕾蒂和管制人員正聲嘶力竭地喊著芙蕾德利嘉完全聽不懂的專業用語。

身為一個軟弱無力的小孩子，在這種狀況下，自己根本什麼忙都幫不上。

直到此刻她才發現，就連在重裝運輸車上進行指揮管制的事情，都只是辛和萊登他們顧忌她的感受，陪她玩玩而已。

這時她能做的，就只有睜開「眼睛」，在戰場上尋找她的騎士。

在最前線和「軍團」奮戰的辛，此時恐怕沒有多餘心力去尋找齊利亞的下落。要是能掌握齊利亞的位置，能夠掌握他的動向，自己或許至少可以提出警告……

這時，芙蕾德利嘉「看見」她的騎士，以及所身處的戰場後，感覺渾身血液都要凍結了。

伸手摸索同步裝置，切換連接對象的設定。思考還有些呆滯，她焦急地呼喚那個名字：

「辛耶。」

沒有回應。

知覺同步明明還連接著。

和辛同步時經常會聽見的亡靈低語聲，此時也迴盪在耳邊。而在同步的另一端，也聽得到在這狂亂的戰場上也顯得十分冷酷的，辛耶指示目標的聲音。

向同為八六的同伴們，向極光戰隊的處理終端們，有時甚至透過無線電或擴音喇叭向其他部隊的士兵下達指示。而且他在指揮的同時，恐怕自己也還在敵陣中斬殺一個又一個敵人。

「辛耶……齊利不在這裡。」

沒有回應。

不知為何，芙蕾德利嘉不願去想對方可能聽不到，只是不斷重複呼叫。

「齊利不在這座戰場上。」

沒有回應。

一股血氣頓時湧上頭頂。

不是因為憤怒……而是一種無法言喻的恐懼。

「有聽見嗎，辛耶！現在，齊利位於……！」

這時，眼中映照的對象改變了。

變成她不斷呼喚，強烈思念的對象。

在夜色下的廢墟市鎮中疾馳，四隻腳的蜘蛛。

本為白色的機體，此時已不再雪白。被硝煙、飛塵和親手斬殺的「軍團」濺出的流體奈米機械血液，染成鐵灰色和銀色，渾身斑駁不堪。

芙蕾德利嘉腦中突然閃過以前目睹的景象。

被踩爛的士兵弄得血跡斑斑的機甲，與站在一旁若無其事地笑著的人。

明明如此血腥，那雙黑色眼眸卻像凍結了一樣，沒有一絲波動。

公主殿下。

雖然嘴上這麼說——但是那雙眼睛卻早就連她都看不見了。

而在白色裝甲當中的紅色眼眸，也呈現同樣的色彩。

用蠻力將故障的高周波刀硬是砸進敵機當中，刀身折斷一半也不在意，又轉向下一架敵機。觸發引信砲彈在極近距離下炸裂，碎片插入駕駛艙，打破了其中一面輔助螢幕，他的目光也不曾動搖。那雙冰冷鋒利的紅色眼眸，只是一味地將全部注意力集中眼前的敵機。

芙蕾德利嘉忽然雙腿發軟，癱坐在地。

她終於明白，為何自己總是把這兩人的身影重合在一起。

不是因為相似，而是因為相同。極為神似的這兩人，恐怕連骨子裡都是一個模子刻出來的。

笨蛋……芙蕾德利嘉無聲地說著。

辛耶，汝這個笨蛋，難道還不懂嗎？

快住手啊。

「汝不能繼續這樣戰鬥下去了……！」

†

銀色雲霧的另一頭，弦月往西方天空斜下，讓深夜中的廢墟蒙上一層銀灰。

辛聽見多足式機甲的沉重腳步聲，突然在不遠處停下。已經從周圍「軍團」的聲音確認過分布狀況的他，稍稍放鬆情緒，轉頭察看。在布滿阻電擾亂型的天空底下，「破壞神」所搭載的雷達就像瞎了一樣，而派不上用場的敵我識別功能早就被關掉了。

『——哎呀，別開砲喔，極光戰隊的！是自己人！』

佇立在眼前的是，身上有著第一七七師團第六七機甲戰隊中隊章的「破壞之杖」。設定為追蹤視線模式的紅色光學感應器，順著辛的視線來到對方身上，就看見重量超越五十噸的機甲，踏著似乎有些輕盈的步伐走了過來。

對方的步伐沒有受到戰鬥機動動作的影響……看來是剛才那些在警報中醒來，忙著進行出擊準備的機甲部隊，終於趕到戰場了。

『無頭骷髏的識別標誌。你就是戰隊長嗎？』

「這裡是極光戰隊隊長，辛耶．諾贊少尉……狀況如何？」

「破壞之杖」的車長似乎笑了。

『這裡是第六七戰隊隊長，山謬．魯茲上尉。發動攻勢的「軍團」第一梯隊，看來已經成功擊退了。其他戰區也一樣。這都是身為緊急出擊小組的你們撐住戰線所帶來的成果，幹得好。』

辛想問的是我方部隊的狀況，而且「軍團」先遣隊從全陣線撤退的事情他早就知道了，不過講了也沒用，乾脆任由對方講下去。最重要的是，他想稍微平復一下在剛才的戰鬥中變激烈的呼吸。

『其他剩下的部隊也都出擊了……已經沒事了，你們可以回去接受補給。之後請遵照司令部的指令行事。接下來——由我們聯邦人接手吧。』

意思就是，你們八六不要再逞強了，快撤退吧。

辛還有點喘，深吸一口氣後，連同自己想說的話一起吐了出來：

「恕我直言，上尉。」

一邊確認在旁待命的菲多乘載的補充物資殘量，一面從多功能螢幕上叫出分散在周邊的「破壞神」機體狀態資料……雖然稱不上完好，但不至於不足。各機都還有餘裕繼續戰鬥。

「剛才的『軍團』部隊是先遣隊，接下來的第二梯隊是本隊……現在撤退的話，這個戰區就會失守。」

「破壞之杖」車長的聲音，一下子笑意全失。

『……你說什麼？』

「這邊的防衛就交給貴隊了。我方將前往迎擊本隊。只要痛擊敵方進軍的先頭部隊，就能稍微削弱攻勢。」

『等等，少尉！那是──』

「通訊結束──呼叫戰隊各員。」

逕自切斷無線電後，透過知覺同步呼叫。將一時反應不過來的「破壞之杖」留在原地，「送葬者」機調轉方向，朝向遠方的大軍而去。

讓先遣隊先行暖場後，才粉墨登場的「軍團」本隊──那群連距離如此遙遠的辛，都能感受到如風暴般震耳欲聾怨歎聲的大軍。

隊員們一齊做出了回應。有的難掩興奮，有的十分平淡，不時還伴隨著一股凶猛的冷笑。

「都聽見了吧──不想死就跟上來。」

†

「軍團」的本隊來襲，而幾乎同時抵達前線的聯邦軍機甲部隊，建立了牢固的防衛線，隨後機械海嘯猛力撞上堅固的機甲防壁，戰況就此陷入有進有退的膠著狀態。

這時，有人注意到天已經亮了，用肉眼就能看見自己持槍的手。

陽光卻是紅色的。

在戰壕中、在作為遮蔽物的崩塌建築中、在窄得喘不過氣的駕駛艙中，趁著交火的空檔，士兵們抬頭望向天空。

天空染成鮮紅色。

朝霞的光芒，經過覆蓋整面天空的阻電擾亂型的翅膀漫射與折射後，本應擺脫黑暗的天空，卻像是熊熊燃燒一般，被鎖進了血紅色的黑暗之中。

在紅色天空下，戰鬥仍在持續進行。

廢墟、戰壕、棄置的殘骸和堆積如山的屍骸輪廓，在血色光芒中勾勒出漆黑的剪影。在這片剪影之中，機械魔物與人類的死鬥仍在不斷上演。嘔出點點火焰與熱血，倒地化為不動的黑影，在染成紅與黑的世界中，又抹上一層層紅與黑的顏色。

那樣的光景，不是地獄卻更勝地獄。

在紅與黑的地獄中，有人見到了白色的惡夢。

那是宛如鮮烈的幻視般一閃而逝，在地獄中飛馳的白色惡夢。

那是被飛塵劃出無數細小傷痕，卻更顯潔白，冠上女武神之名的無頭骷髏。

在一處只要失守就會導致周邊防衛線如雪崩般崩潰的重要據點，他們持續不斷奮戰。面對大舉來襲的「軍團」，他們一步也不退，有些人像發狂的野獸互相撕咬一般近身肉搏，有些人則是鎖定敵機位置，發動精確的砲擊，屠戮了一批批來犯者。

其他部隊傳來的救援請求，或是希望他們別再逞強盡快撤退的哀求，都被他們拋在腦後。面對無窮無盡的「軍團」，他們沒有餘裕分兵救援，而他們也知道，就算自己和夥伴被消磨殆盡，也不能後退一步。此外，對於過去被祖國的地雷區斷了後路，只能在戰場上奮戰下去的他們來說，本來就沒有產生過撤退的念頭。

遭到擊毀的「軍團」殘骸層層重疊相連，他們把這個當成墊腳石或遮蔽物，繼續戰鬥下去。

然而，只要時間拉長，彈藥就會耗盡，能源匣也會見底。何況追求機動性能而輕量化的「女武神」，本來能夠攜帶的彈藥就少。就算從後方基地運送過來也不夠用，於是這些「女武神」便從遭到擊毀的僚機殘骸上，剝下所需物資進行補充。隨侍在側的「食腐者（清道夫）」還不忘在同伴的屍骸上摸索，取出「內臟」後推放在據點周邊。

從帝國黎明期的遙遠時代開始，代代生活在位於國境的戰鬥屬地，早就將戰場視為故鄉的舊戰鬥屬地兵，看到他們戰鬥的姿態，都不禁感嘆起來。

又多了一些可靠的戰友啊。傭兵們在生死的狹縫中，甚至露出了笑容。

可是大多數聯邦軍人，卻不這麼想。

無論是在戰場上，或是在透過資訊鍊分享光學情報的指揮車、指揮室中。無論是裝甲步兵的士兵，或是身為駕駛員的軍官，還是身為指揮官的上級軍官都一樣，紛紛茫然地發出呻吟：

「那就是……八六……！」

那是被本應為祖國的共和國當成人形豬玀，被共和國棄置於戰場，還不過是少年的同胞。

本來以為，他們是一群可憐的孩子。

被剝奪人權、被剝奪自由，甚至連家人、故鄉和姓名都遭到剝奪。從個子還沒徹底長開的時候，就被送上戰場，而在拚死戰鬥到底之後，又被命令去白白送死。所有知道這段過去的人，都希望他們至少能在聯邦得到幸福快樂的生活。

可是這樣的祈願，卻被他們自己捨棄了。

自願回到戰場，像這樣闖進最為凶險的戰場。他們根本沒有奮戰的理由。他們沒有需要守護的家人與國家，甚至沒有理念。事實上，「那些傢伙」根本什麼也沒有守護。對於友軍發來求助的聲音充耳不聞，分食僚機的殘骸繼續戰鬥下去。就像是渴望著戰鬥——渴望毫無意義毫無理由而無止盡的戰鬥，除此之外別無所求一樣。

他們不是受到迫害，失去一切，無助而可憐的孩子。

那些傢伙是怪物。

由戰場的嚴苛與共和國的惡意所創造出來的，擁有人類外型的殺戮機器。無法理解他人施予的慈悲與救濟的戰場惡魔。雖然生而為人卻遭到徹底扭曲並不是他們的錯，可是那顆已徹底扭曲的心——也無藥可醫了。

「這群怪物……」

不知道是誰，在八六有可能聽見的無線電中，這樣嘀咕了一聲。但是這時已經沒有半個人會去責備這句話的不是了。

†

就在一群載著快速反應預備部隊的大型運輸機，降落在FOB一五附近，連忙下機的機甲部隊與機械化步兵部隊，趕赴前線的不久前。

藍色友軍單位的光點大幅增加，紅與藍的光點一邊閃滅，一邊像馬賽克一樣混成一團。瞪著主螢幕上這個畫面的葛蕾蒂，突然發現紅色光點出現了以往不曾有過的動向。

混雜在一起的紅與藍分離了。就像沙漏中落下的沙一樣，紅色光點漸漸落回螢幕西側，也就是它們支配領域的方向。

「──『軍團』想要……」

從很早之前開始，對時間的感覺就麻痺了。

光學螢幕上顯示的機外影像始終是一片通紅，無論是打倒的，還是剩下的敵機數量，都已經記不清了。在襲擊與襲擊的短暫空檔，啃著固態軍糧，抓緊這極為短暫的時間閉目養神。沒有計畫也沒有策略，就是將成群的「軍團」一個接一個幹掉。這已經不算是戰鬥，而是更原始的死鬥。

雖然透過所剩無幾的清醒意識，勉強辨別敵我，但戰鬥繼續拉長下去的話，自己也不知會變成怎樣。

這時，辛注意到下雨了，他隨之抬高視線。

「破壞神」的聲音感應器捕捉到的白雜訊，以及敲著裝甲的細微雨滴聲。這樣的聲音，在戰場的喧囂中，實在太過幽靜。

在經過好長一段時間後，因為疲勞而變遲緩的腦袋，才終於想通自己之所以能聽見這個聲音的理由。

「軍團」開始撤退了。

哀嘆聲已然遠去，只剩下長距離砲兵型發射的牽制砲擊，以及追擊部隊的戰鬥聲響而已。

打開感覺似乎關了很久的駕駛艙，讓身體沉浸在翩翩落下的細雨中，深深呼吸。

薄薄的雨雲邊緣透出一輪紅色，告訴他們現在已是夏天來得較遲的傍晚時分。

「——戰隊各員。」

他的聲音有些沙啞。直到此刻，腦袋才意識到喉嚨的乾渴。

應答的聲音比出擊時少了很多。有些人因為疲勞過度而喘到無法回話，而有些人則是覺得沒有回答的必要。

還有一些人，是再也不會回答了。

「『軍團』開始全機撤退——我們也歸隊吧。」

當辛將「送葬者」機停在機庫的駐機位置，走出機外時，才發現芙蕾德利嘉站在那裡等他。

不知是不是沒睡，她的眼睛周圍有點紅。平時總會有人幫忙梳理的長髮，現在也亂成一團。該不會從自己出擊之後，她就一直等到現在吧？

四目相交後，那張稚嫩的臉蛋就扭曲變形了。露出似乎有些安心，同時又像深受打擊一樣的眼神，眼中還泛著淚光。她似乎按捺不住，就這麼撲進辛的懷裡。

「辛耶，汝這個笨蛋。」

搞不懂她在說什麼。

然而辛卻無意識地把手伸向那小巧精緻，難得沒戴軍帽的頭。辛輕輕摸著亂翹的黑髮，就感覺到那雙纖細的手突然加大力道。

「汝和齊利一樣——都是大笨蛋。」

†

警戒「軍團」再次發動攻擊的工作，交由預備部隊接手，然而西部方面軍的司令官們要處理的事情依舊堆積如山。在這場戰役中喪失的裝備與兵員補充事宜、負傷者與陣亡者的後送、防禦設施的修補、戰鬥的分析，以及論功行賞。

司令官們一致認為，首先必須褒揚的，應是遠比預期中更早偵測到敵襲，下達了比其他戰域更為正確的索敵範圍指示，就結果來說，是將西部戰線從瀕臨崩壞的危機中拯救出來的索敵機管制官。

然而，該名管制官卻提出異議。

讓索敵機前去探索問題範圍的人，並不是自己。

事實上，當時有一位軍官，前來「說服」自己無論如何都要探索那個地點。而發現先遣隊，以及向其他戰域下達的指示，也都要歸功於那位軍官說服自己。

若要論功的話，也是那位軍官的功勞。

「——雖然管制官描述得十分穩當，但貴官似乎是採取了相當暴力的手段啊，辛耶・諾贊少尉。」

將帝國時代的內裝潰原封不動保留下來的司令官辦公室中，坐在厚重桃花心木書桌後面的少將如此說道。胸前戴著密密麻麻的獎章，領口掛著十字勳章，失去的一隻眼蓋著黑色眼帶。

「聯邦軍人的槍應該始終朝向敵人，而不是用來脅迫同胞的工具。即使實際上並未將槍口瞄準對方也一樣啊。」

「……我本來打算將發現敵機的功績，作為謝罪之用。只要她不說，功勞應該足以升官才是。」

辛平淡地回應後，就看見少將瞇細雙眼，而背後的葛蕾蒂似乎也用手扶住額頭。

夾在兩人之間，以稍息姿勢站在書桌前的辛，連根眉毛都沒動。不計其數的獨斷專行和違反軍規的行為，雖然是出自於必要，但受到審問和懲罰也是理所當然。

從違規內容來看，足以判處關禁閉了，但如今之所以只有接受審問就了事，也是因為不知該如何處置的緣故。

轉動皮製辦公椅面向旁邊，貼了一眼平板終端後，少將抬起只剩一邊的眼睛說：

「根據憲兵部的筆錄，你的回答似乎相當有趣啊……你說你能夠聽見『軍團』的聲音，因此能夠掌握他們的所在位置，對吧？」

此時葛蕾蒂迫不及待地插嘴：

「少將。這件事雖然難以置信，但的確是事實。報告中也附有使用了同步裝置與諾贊少尉，進行聽覺同步後的證詞……」

「有人讓妳發言了嗎，中校？我自然知道有這種能力者的存在，也看過證詞了。但光靠這些，並不能證明這次情況是真的。」

操作手邊的情報終端，在書桌上顯示戰域的地圖。隔著全像地圖的影像，一道漆黑的視線射向辛的身上。

「『軍團』在哪裡——由近到遠找出十個地方給我看。」

辛瞥了一眼，發現天花板附近有架經過偽裝的監視攝影機，加上少將手中的平板終端故意調整到他看不見的角度，頭髮裡還藏了通訊耳機。大概是想即時比對雷達捕捉到的情報吧。

雖然不知原理為何，但要證明真偽的話，的確是最確實的方法。辛暗自嘆息。

「……恕我失禮了。」

先在地圖上找出最近集團的位置，再以此為基準，依序指出十個位置。雖然辛能正確地聽出「軍團」所在位置的距離和方位，但那和常用的距離概念不一樣。若是自己很熟悉的共和國戰區倒是無妨，但換成範圍遠比那更廣大的師團用戰域地圖，實在很難憑感覺換算距離。

指到第七個的位置時，少將微微瞪大眼睛，透過耳機吩咐了些什麼。大概是他們沒有掌握到的「軍團」集團吧。

回答結束，辛退回原來的位置後，就聽見少將長嘆一口氣說：

「……我想問你一件事。」

少將想了想，隨後才繼續說道：

「你為何要這麼做？雖然就結果來說，的確拯救了西部戰線，但從你自身的立場來看，這是十分危險的行為。你不可能不明白這個道理吧，為何要故意冒險呢？」

「當時我認為，若是循正規程序上報的話，可能來不及迎擊……而且，那時就算說了同樣的話，您應該也不會相信吧？」

「這不算回答。我要問的是，你為什麼沒有考慮到自身安全……之後你可能會被當成警報裝置，或是實驗動物，身為八六的你不會沒有想過這樣的可能吧？」

畢竟是曾被祖國當成人形家畜，用完就丟的八六。

「沒錯……但是，如果敗給『軍團』的話，一切就沒有意義了。」

少將沉默了數秒。

「原來如此——為了殲滅敵人不惜犧牲自我。這就是你們八六的想法嗎？簡直像是一把冰刃。只要能斬殺目標，就算因此粉身碎骨也無所謂嗎？」

看見葛蕾蒂挑著眉毛準備開口，少將抬起一隻手制止後說道：

「這次的事就不追究了……今後若是察覺到同樣的危機，可以期待你也主動提出報告嗎？」

「好的。」

「中校，到時候就由妳負責聽取。若事態緊急，可以直接向我報告。我會先吩咐副官。」

一走出司令官辦公室，葛蕾蒂就帶著嘆息開口：

「拜託你別再這樣讓我心驚膽跳了，少尉。說話的內容也一樣，那不是對待將官應有的態度喔。」

「抱歉。」

「真是的……還有，今後請你也稍微考慮一下自身的安全。從結果上來說，那也關係到你身邊人的安危，懂嗎——諾贊『中尉』。」

辛轉頭看著葛蕾蒂，而她只是聳聳肩說：

「因為上一級軍官都死光了。這是聯邦軍常有的事。」

葛蕾蒂自己也是在一次次火速現場任命之下，年僅二十五六歲就得到中校階級。她亮了亮胸前的中校階級章，露出苦笑。

「實際上，你本來就在負責中隊指揮官的工作了，所以來得正好……其實原本想讓你再升一階的，但是和這次的過錯抵銷了。」

「……」

「你就不能稍微開心一下或是可惜一下嗎？總之薪水也提高了，雖然沒什麼實感啦。」

必要經費已經都由軍方負擔了，也沒有其他用錢的地方，所以就算告訴他加薪了，也不知道能做什麼。

葛蕾蒂再度露出苦笑。

「真是的……我就說到這裡了。辛苦了，中尉。」

「……告辭了。」

辛與返回辦公室的葛蕾蒂分別後，走在鋪著地毯的長廊上，心裡嘆著氣。

由於部隊在前幾天的戰鬥中遭受毀滅性損害，將戰線防衛工作交由預備部隊負責，進行整編的西方方面軍，暫時沒有任何任務要做。總之先去看看因為這幾天的訊問而無法確認清楚的自家部隊狀況。於是走向暫時再度返回司令部基地的極光戰隊隊舍。

這時，辛突然聽到一陣朝自己跑來的輕盈腳步聲。

抬頭一看，原來是芙蕾德利嘉。堅硬的軍靴靴底踏在柔軟的地毯上，她拚了命地跑過來的模樣，和如今基地內戰鬥氣息已舒緩不少的氛圍大相逕庭。

辛感受到一股從遙遠的彼方看著自己的氣息。

因憎惡而凍結的黑色眼眸。

『——去死。』

背上竄過一陣惡寒。

為何——自己會忘記呢？

明明遇上了兩次。應該早就知道那是「軍團」的殺手鐧才對。

可是自己還是下意識地把它排除在威脅之外。

那是因為——自己心中的某個角落一直覺得，就算是戰域後方的要塞、國家和人類被那個東西毀滅了，也和自己一點關係也沒有。

和他們這些故鄉就是被敵人團團包圍的戰場，與眼前的敵人對峙，總有一天會死在那些敵人手上的八六——毫不相關。

因為他有所自覺，就算離開了八六區的戰場，也不算是真正解脫了。

這時，芙蕾德利嘉大喊：

「快趴下！齊利他——」

超高速砲彈撕裂大氣的慘叫聲，和超級重量在高速下著彈所帶來的衝擊力，幾乎同時抵達。

只見窗外一陣閃光。

光線之強，將整個視野變成一片雪白。

因為音量過大而讓人產生無聲錯覺的巨大聲響，如落雷般撕裂大氣，隨之而來的衝擊波，震撼了整座要塞。

間章　當「無名氏」邁步回家時

『——這裡是北部戰線第一區第一戰隊「大鋤頭」，呼叫所有能聽見這個無線通訊的八六，呼叫處理終端各員。』

倒在一旁的搭檔（破壞神）受到戰鬥重量超過五十噸的戰車型猛力踢擊，砲身和裝甲都嚴重變形，再也無法動彈。

從壓扁的機身中硬是爬了出來的他，拖著潰爛的右半身，在戰區之外的古橋上，背部靠著崩塌了大半的石砌欄杆，耗盡了所剩不多了氣力，光是睜開眼睛就快撐不住了。在枯骨般色澤的裝甲上塗滿了一大片的混濁色彩，是一路連接到自己身上的鮮血，在夜色之下依舊那麼地紅。

「這裡是大鋤頭戰隊長『黑狗』。」

戰隊的同伴全都戰死了。

而同一戰區的其他戰隊，也不知道是否還有人倖存。

摧枯拉朽。大概可以用這樣來形容吧。

「軍團」本來就擁有「破壞神」無法企及的超高性能。而當這些「軍團」集結成前所未見，將大地染成鐵灰色的海量大軍，向他們發動突襲時，兵力少得可憐的他們，怎麼可能會有勝算。

即使如此，他們還是出擊了。雖然身後並不是他們甘願犧牲奉獻的祖國，也沒有了能夠團聚的家人。

即使如此，他們之所以仍然願意奮戰。

「我們的戰爭結束了。」

原因在於，這是他們八六僅存的驕傲。

黯淡的裝甲微微反射月光，通體金屬打造的恐怖重量，卻在不可思議的驅動系統的牽引下，幾乎沒有發出任何腳步聲。一輛戰車緩緩來到了他的面前。

之所以特地過來輾死他，大概是不想在一隻快死的老鼠身上浪費彈藥吧，所以那座可怕的一二·七毫米重機槍和凶猛無比的一二〇毫米戰車砲，不但沒有瞄準，甚至連轉向都懶得轉。帶著肉食動物的傲慢與悠然，巨大身軀占據了整座橋的寬度，緩步前進。

連動都不用動，就能仰望逐漸接近的鐵灰色身影。他露出淡淡的笑容。

他在單向通訊模式的無線電開放頻道中，讓無線電保持在發話狀態，占用了整個頻道說話。雖然無線電另一頭沒辦法回話，但是他冥冥中可以感受到，有許多八六的同胞正在聽自己說話。

「呼叫能聽見此通訊的處理終端各員。堅持戰鬥到底的各位。存活到現在的各位。終於——能夠退伍了。大家都辛苦了。」

在這個沒有救贖沒有回報，無論如何掙扎都是死路一條，宛如地獄般陣亡人數為零的戰場。

該講的話都講完了，他掛斷無線電，把耳麥甩了出去。隨後又將一個做工粗糙的遙控裝置，用左手從爛掉的右手掌中拿了起來。

戰車型來了。就在眼前。來到只能無力靠在橋上石塊邊的他的眼前——踏上了橋面。

五年前。最初分發到的戰隊隊長是過去共和國正規軍的倖存者，後來直接被遺棄在戰場上，成了八六。隊長教導他戰鬥技巧、生存訣竅，以及這玩意兒的使用方法。

而如今在那群白豬當中，已經找不到任何一人，有膽做這種事了。

燒爛的嘴唇和裂開的皮膚都無所謂了，倒不如痛快點！他笑著心想。

絕不屈服於絕望，不放棄生存。不會讓憎惡玷汙自己的矜持。

這是他為自己訂下的原則，所以才能堅持戰鬥到這一刻。

不過既然都快死了，罵這麼一句應該也無妨吧。

抬頭看著高舉到自己頭頂上，準備踩碎自己的鋼鐵節肢，他帶著笑容，按下引爆按鈕。

逃避戰鬥，逃避現實，因此連抵禦外敵的方法都忘光了，無法選擇自己如何死去，既可恥又悲慘的共和國白豬啊。

「——活該。」

設置在橋下的塑膠炸藥啟動了。

身為渡河要道的古橋，和身為陸戰霸者的鋼鐵巨獸，以及死後也不會列入陣亡者名單的八六，同時遭到爆炸火焰吞噬，摔落到黑暗的河流中。

共和國曆三六八年八月二十五日。二三時十七分。

當那個警報在國軍本部響起時，待在管制官共用辦公室裡的每個人，都無法理解這究竟是什麼警報。

在某種意義上也情有可原。

因為那個警報是在近十年前設定的。

那是在他們之前負責國防重任，連後勤人員都親上前線而遭到殲滅的共和國正規軍，保持著死戰不退，絕不能讓這個警報響起的決心而設定的。

簡報用的巨大全像螢幕自動啟動了。占據整面牆的全像螢幕，出現了受夜色昏暗及電磁干擾而閃爍不定的模糊影像。

在帶著不解或厭倦凝視著螢幕的同僚裡，只有蕾娜一個人沉浸在難以言喻的緊張感之中，默默地抬頭望著那個影像。

一座厚實到足以將裝甲板或小房子整個埋起來的水泥高牆構造物，從直衝雲霄的頂部，一路崩毀到地表。

建築物實在太過巨大，以至於破壞的痕跡看起來跟溪谷沒兩樣。數量多到形成一股鐵色濁流——將殺戮機能開發到極致，散發恐怖氣息的多足機械大軍，正前仆後繼地跨越那條「溪谷」。

一股顫慄竄過蕾娜的背部。

「這啥啊，電影嗎？看起來滿有意思的。」

「話說誰去關掉警報啊，真的有夠吵。」

在沒有看過「那些傢伙」而悠哉到令人暈眩的同僚當中，蕾娜搖搖欲墜地向後退了一步。

這十年來把戰爭全推給八六去解決，躲在虛假的和平中，不願正視現實的共和國國民，就連軍人也沒見過敵人的模樣。在場所有人之中，唯一認得它們的，就只有親眼見過的蕾娜而已。

就在六年前，與亡父一同造訪最前線時。當失去了父親，而自己卻逃過一劫的那一刻。

還有在整整一年前，為了援護先鋒戰隊，和萊登同步的視覺當中。

在濁流的前頭引導軍勢，擁有食人魚般銳角外形的斥候型。

靠著六條腿的驚人運動能力，將牆壁崩塌形成的不規則斷面當作踏板，反覆跳躍前進的近距獵兵型。

以一二〇毫米巨砲睥睨四方，組成整齊隊伍向前奔馳的戰車型。

還有憑藉無與倫比的重量，踏碎、踢散瓦礫，如入無人之境的重戰車型。

而這座崩毀得慘不忍睹，往日以牢不可破著稱的四方建築物是——那救世鐵幕。

這就是——

最終防衛線陷落的警報。

「…………！」

終於——來臨了。

在阻電擾亂型的電磁干擾幫助下，戰力增強的「軍團」轉而採取攻勢的這一天。沉浸在泡沫般的夢境中，不願正視現實的共和國民，因為怠惰而毀滅的這一天。就如同辛留下的預言一樣。

「軍團」連綿不絕地跨過鐵幕。

闖進了毫無防護的八十五區內。闖進了本以為能夠徜徉在永久的安寧之中，卻連自保之道都忘光的聖瑪格諾利亞共和國當中。

其中大半數恐怕都是黑羊吧。竊取陣亡者腦部構造，克服先天壽命限制的「軍團」。也是被共和國遺棄在戰場，榨乾最後一滴價值，甚至無法入土為安的數百萬八六的亡靈。

亡靈組成的大軍，回歸故土了。

從崩毀的要塞壁夾縫中，可以看見鋼鐵海嘯與夜空的彼方，好像有什麼在發光。

就像幽暗的森林中，引誘旅人踏入無底深淵的鬼火一般，閃爍著幽藍光芒的，是光學感應器的反光。

輪廓在月光中顯得有些朦朧。大到令人喪失遠近感的——宛如摩天大樓或神話怪物一般的巨大身影。

它的前半部突然揚起。

擾亂全像螢幕影像的雜訊，不知為何變得更嚴重了。

蕾娜猛然驚覺。

像是被瘋狂的巨人不斷痛擊到粉碎殆盡，鐵幕如今的慘狀。

那是——砲擊造成的破壞。

閃光。

隨後影像消失了。全像螢幕瞬間變得一片漆黑。監視器……所設置的場所，恐怕是被「那個」的砲擊夷為平地了。

警報聲持續大作。

是那時候的——

先鋒戰隊在第一戰區曾經遇過一次，而就連在東部戰線堪稱最精銳的他們，也只能束手無策地選擇撤退。透過火砲無法企及的超高速度與超長射程，將莫大威力的砲擊如豪雨般傾注而下的，那架新型超長距離砲。

「——電磁加速砲……」

蕾娜喃喃自語，旋即抿起嘴唇。

周遭的同僚依舊毫無危機感，只是覺得有些不對勁，而蕾娜毅然決然地獨自離開辦公室。軍靴踏在拼接木地板上，發出清脆聲響，快步走向自己的管制室。

這時，同步裝置發出虛幻的熱度。

知覺同步啟動。對象來自研究室的一隅，以及遠在彼方的「女王家臣團」的戰區。

『蕾娜！剛才的警報是……！』

『姑且還是通知妳一聲啊，女王陛下！北部戰線已經……！』

「嗯，阿涅塔、獨眼巨人，我已經知道了——時候終於到了。」

變更同步裝置設定，選擇所有可能同步對象，開始連接。由於管制官本來只能同步一個戰隊，實在不夠用，所以在阿涅塔的協助下，花了一年才偷偷將設定修改完成。

被共和國遺棄在戰場，榨乾最後一滴價值，數也數不盡的八六亡靈大軍

為了抵抗它們，必須集結所有戰力。

為了抵抗。

為了回應他們最後留給自己的話語，為了活下去。

「——這裡是『鮮血女王』，呼叫全戰線的處理終端各員！」

聯邦軍識別名，電磁加速砲型。

僅以一機之力攻陷鐵幕，也將聯邦軍要塞基地毀滅殆盡的新型「軍團」——從崩毀的國軍本部中發現的這個紀錄，就是人類首次觀測到它的影像。

（待續）

後記

戰鬥服只是裝飾而已！大家好，我是安里アサト。

「為何所有的『戰鬥服』都非得做成『曲線畢露的緊身衣』才行呢？」這是我腦中時常出現，而且百思不解的問題。

當然，這類戰鬥服都具備各式各樣的機能與設定，但戰鬥服有做成那種模樣的必要性嗎？尤其是陸戰專用或用途相近的機器人，為何不穿現實中的坦克兵所使用的那種坦克夾克呢？

不，其實我們都明白。因為穿戰鬥服的女孩子很可愛。可愛就是正義。不過本作的主角，辛是個男孩子啊……！

因此呢，在本作《86—不存在的戰區—》中，刻意讓駕駛員穿著野戰服而不是戰鬥服出擊。雖然從這集開始改穿類似二戰時期的德軍坦克作戰服就是了。

幸好，對於像是在第一集改稿時提出「可以的話，我希望不要採用戰鬥服……」之類，還有第二集制定大綱時用了半張Ａ４紙寫下「我就是討厭戰鬥服啊啊啊啊啊！」等等，不斷提出各種奇怪意見的我，溫柔體貼的責編大人都爽快地接受了。太棒啦！

同時，由於「可是好想看蕾娜穿戰鬥服的樣子」是我們雙方的共識，所以請女性戰鬥服的擁護者稍安勿躁，拭目以待吧。

不，這並不矛盾。因為可愛就是正義，女性戰鬥服就是正義。

那麼。

言歸正傳。來到第二集了！

出續集了！出續集了耶！這都要感謝各位讀者的大力支持！謝謝大家！

還有，要說聲抱歉，突然就分成上下兩集了。

當初預定是要寫成一本，但是把該寫的和想寫的都塞進去後，就大幅超出預定的篇幅了……

關於內容，是換個角度描寫在第一集的終章，孤零零的一方自述回憶的那段期間，人數較多的那一方究竟發生了什麼事情。此外，第一集基本上是站在蕾娜的角度來講述的故事，而第二、第三集則是聚焦在辛身上的故事。

本作的書名為《86—不存在的戰區—》。

本來應該是共和國強加在他們身上的蔑稱，在逃離共和國的戰場後，為何沿用這個標題呢？追根究柢，所謂的八六究竟是什麼？我希望透過從第二集才算是揭開序幕的他與她的故事，逐一寫下。

這次也追加了些註釋。

・破壞神主砲

本作中登場的破壞神主砲，八八毫米砲所註記的小字是「Ratsch Bumm」，但在現實世界中「Ratsch Bumm」其實是蘇聯的七六毫米反戰車砲。

為何不直截了當地使用八八毫米本來的暱稱呢？請在網上搜索第二次世界大戰德國八八毫米高射砲，或是Ｆｌａｋ36的暱稱後，再翻回本書封面或翻開書封摺頁處看看。

……這下子明白了吧？這就是隨便取個筆名，之後卻帶來困擾的典型範例。（※註：德軍將官將Ｆｌａｋ36稱為「Acht-Acht」，為數字「8—8」之意，其德語發音與安里アサト的日語發音接近）

・書名

和筆名一樣，經常被問到的書名「86」的由來。

在英文俚語中有著「禁止入場」和「拒絕往來」之意。後來也衍生出「拒絕」、「處分」、「殺害」等語意。

最後就是謝辭了。

對於從初期大綱開始就不斷改頭換面的原稿，以及像隻無頭蒼蠅一樣的我，總能以無比耐心交流意見，同時精準指出問題所在的責編清瀨氏、土屋氏。

以美麗的插圖為充滿殺伐之氣的本書增添迷人色彩的しらび老師。這次新登場的女性角色很多，實在令人目不暇給呢！

將完全只是我個人愛好的亂七八糟設定，變成超帥超強新型「破壞神」的I－IV老師。我很期待第三集的那傢伙會是什麼模樣！

還有，願意支持本書的各位讀者。下集正如火如荼地執筆中，希望能盡早與各位在第三集《―Run through the battlefront―（下）》當中再會！

那麼，願本書能將各位暫時帶往那航向日出之處的旅程，那北方軍國的夏日戰場，以及再度投身於鐵血戰場的他們的身旁。

後記執筆中ＢＧＭ：Run Thtough The Jungle
(Creedence Clearwater Revival)

86

—不存在的戰區—

Why,everyone asked.
Without knowing that it is insult.

NEXT

下集預告

EIGHTY SIX

The number is the land which isn't admitted in the country.
And they're also boys and girls from the land.

Ep. Run through the battlefront

2018年仲夏發售預定！

搭載電磁加速砲的「軍團」——

寄宿了芙蕾德利嘉的騎士——齊利亞的憎惡的一發攻擊，造成辛所在的齊亞德聯邦軍西部戰線瀕臨崩壞危機，而蕾娜所處的聖瑪格諾利亞共和國，其最終防衛線「鐵幕」也被攻破了。

齊亞德聯邦軍為了盡快阻止電磁加速砲的攻擊，執行了一場必須深入那超長射程中的作戰。那是由辛等一行「八六」作為「先鋒」，發起的人類最大規模的一次攻勢作戰。

失去了對於兄長的執著與愛憎，也漸漸迷失生存目的的辛，在那場戰爭的中心究竟看見了什麼？

而成為統率共和國全軍的指揮官，蕾娜將挑戰迎面而來的大批「軍團」——

吞噬兩人想望的，名為戰爭的激流，只是一味地持續加速當中……！

「尋求生存理由的死神」。
這份矛盾的意志是會喚來奇蹟，
亦或是——

Kadokawa Light Novels

賭博師從不祈禱 1 待續

Kadokawa Fantastic Novels

作者：周藤蓮　插畫：ニリツ

第二十三屆電擊小說大賞「金賞」得獎作品！
年輕賭徒為拯救奴隸少女，不惜投身招致毀滅的賭局！

十八世紀末的倫敦——賭博師拉撒祿在賭場失手，獲得一筆鉅額賭金，無奈之下購買了一名奴隸少女——莉拉。莉拉的聲帶遭到燒燬，失去感情，拉撒祿將她僱為女僕並教導她讀書。在如此生活中兩人逐漸敞開心房……然而，撕裂兩人生活的悲劇從天而降——

NT$260/HK$78

台灣角川

Kadokawa Light Novels

其實，原本只要那樣就好了

Kadokawa Fantastic Novels

作者：松村涼哉　插畫：竹岡美穗

被喚為惡魔的少年菅原拓娓娓道來，
揭露令眾人驚愕的真相——

某所國中的男學生K自殺身亡，留下一封遺書寫著「菅原拓是惡魔」。起因據說是包括K在內的四名學生受到菅原拓的霸凌。然而菅原拓在學校是最底層的不起眼學生，K則是深受愛戴的天才少年，加上霸凌事件沒有任何目擊者，使得整起案件疑點重重。

台灣角川

NT$180/HK55

國家圖書館出版品預行編目(CIP)資料

86-不存在的戰區. Ep.2, Run through the battlefront / 安里アサト作 ; 李俊增譯. -- 初版. -- 臺北市 : 臺灣角川, 2018.03-

冊 ; 公分

譯自 : 86―エイティシックス. Ep.2, ラン・スルー・ザ・バトルフロント

ISBN 978-957-564-070-5(上冊 : 平裝)

861.57 107000201

Kadokawa
Fantastic
Novels

86—不存在的戰區— Ep.2
—Run through the battlefront—（上）

（原著名：86—エイティシックス—Ep.2—ラン・スルー・ザ・バトルフロント—〈上〉）

2018年3月21日 初版第1刷發行
2024年6月17日 初版第17刷發行

作者：安里アサト
插畫：しらび
機械設計：I－IV
日版設計：AFTERGLOW
譯者：李俊增

發行人：台灣角川股份有限公司
總監：呂慧君
總編輯：蔡佩芬
主編：林秀儒
編輯：高韻涵
設計指導：陳晞叡
美術設計：莊捷寧
印務：李明修（主任）、張加恩（主任）、張凱棋、潘尚琪

發行所：台灣角川股份有限公司
地址：104台北市中山區松江路223號3樓
電話：（02）2515-3000
傳真：（02）2515-0033
網址：www.kadokawa.com.tw
劃撥帳戶：台灣角川股份有限公司
劃撥帳號：19487412
法律顧問：有澤法律事務所
製版：巨茂科技印刷有限公司
ISBN：978-957-564-070-5

86—EIGHTY SIX— Ep.2